熱砂の王子と白無垢の花嫁

伊郷ルウ

Illustration
海老原由里

NOVELS

この物語はフィクションであり、実在の人物・団体・事件等とは、いっさい関係ありません。

Contents

熱砂の王子と白無垢の花嫁

第一章

長い歴史を持つ茶道不知火《しらぬい》流宗家の屋敷は、閑静な住宅街の一画に建てられている。

広大な敷地は黒塗りの高い塀でぐるりと囲まれ、外から屋敷を窺《うかが》い見ることはできない。かろうじて見えるのは、花の季節を終えて青々と葉を茂らせている、樹齢百年を超える桜の大木くらいのものだ。

爽《さわ》やかなミントブルーのシャツにコットンパンツを合わせた春風七海《はるかぜななみ》は、静寂に包まれた古式ゆかしい和室で艶《つや》やかな黒塗りの座卓を前に正座し、和服姿の両親と向き合っていた。

宗家の次男として生まれた七海は、間もなく二十五歳になる。

涼やかな目元をした端正な顔立ち、わずかに茶色がかった柔らかな髪、透明感のあるきめ細やかな白い肌、華奢《きゃしゃ》な身体《からだ》つきと、全体に楚々《そそ》とした雰囲気がある。

しかし、幼いころから家元の厳しい教えを受け、茶道の作法が身に染みついている七海は、どこか凜々《りり》しくもあった。

「どんなことがあっても、海堂《みどう》を連れて帰ってきてちょうだいね」

厳しい口調で言い放ち、細い指先で和服の襟元をスッとなぞった母親の華子《はなこ》が、七海を真っ直《まっす》ぐに見据えてくる。

「連れ戻したい気持ちはわかるけど、その役目がどうして僕なの？　親なんだから二人で兄さんを迎えに行けばいいじゃない」

七海は背筋を伸ばしたまま、華子と父親の林海《りんかい》に不満の視線を向けた。

七海と三歳違いの兄、春風海堂は、不知火流宗家の跡取りでありながら、二ヶ月前に欧州旅行に行ったきり実家に帰ってきていない。

立ち寄ったイギリスで出会った外国人女性と恋に堕《お》ち、あろうことかロンドンで暮らし始めてしまったのだ。

生まれたときから跡取りとして育てられてきた海堂には、傍《はた》から見てもわかるくらいに跡継ぎとしての自覚があった。

派手に遊ぶこともなく、両親が気に入ってくれた相手とだけ交際し、ここ最近は公の場では次期宗家として立派に振る舞っていた。

それが、いきなり外国人女性と結婚したい、許してもらえないのならば帰国しないと、とんでもないことを言い出した。

由緒正しき家柄の日本《にほん》人女性と結婚させるつもりでいた両親は、外国人女性を迎えることに拒絶を示し、海堂の説得にあたったのだがいまだ決着がついていない。

そこで、両親は海堂に外国人との結婚を諦《あきら》めさせるため、弟である七海を向かわせようとしているのだ。

「いくら言っても海堂は耳を貸そうとしないのだから、私たちが出向いたところで同じに決まっている。こうなったら、おまえが直接、会いに行って説得するしかないだろう？」

こちらを真っ直ぐに見ながら、林海がお手上げだとでもいうように大きなため息をもらした。

国内のみならず海外にも支部を持つ不知火流の頂点に立つ彼は、どういった状況にあっても威風堂々としている。

林海にとって、茶道の才に長《た》けているばかりか、親の教えに背かない海堂は自慢の跡取り息子だった。

それだけに、海堂の反乱ともいえる今回の件は、そうとうなショックだったらしく、表向きは威厳を保っているが、すっかり気落ちしてしまっている。

気の強い華子がそばにいなければ、林海はひとりオロオロするばかりだったのではないだろうか。

毅然《きぜん》としている父親の姿しか知らなかった七海としては、できるだけ手助けしたい思いはあるのだが、両親に説得できないものが自分にできるのかといった疑問があった。

「父さんたちの話を聞かなかった兄さんが、僕の言うことを聞くと思う？」

「でも、私たちが会いに行けば、海堂はよけいに我を張ると思うのよ。だから、ここは仲のいい七海に行ってほしいの」

顔の前で両手を合わせた華子に拝むように頼まれ、七海は困り顔で視線を手元に落とす。

弟子たちの中には、すでに海堂が帰国しないことを不審に思っている者もいる。帰国しない理由が世間に知られるのは時間の問題だろう。

不知火流宗家として、後継者に関するスキャンダルなどもってのほかだ。マスコミが嗅《か》ぎつける前に解決する必要があった。

茶道をこよなく愛する七海は、伝統ある流派の師範としてのプライドがあり、不知火流をなによりたいせつに思っている。

だからこそ、宗家の跡継ぎという立場にありながら、それを顧みることなく勝手に海外生活を始めた兄に対して、ただならない腹立ちを覚えていた。

恋愛も自分の好きにできない兄を、可哀想に思わないわけではない。

しかし、考え方が古い、頭が固いと言われようが、不知火流を継ぐ運命の下に生まれた以上、海堂の取った行動は許し難かった。

海堂を説得できる自信は皆無に近いが、このままでは埒《らち》が明かないのも事実であり、七海は重い腰を上げようと心を決める。

「わかったよ、僕が行ってくる」

「ありがとう」

ホッとした顔でつぶやいた華子が、安堵《あんど》の笑みを浮かべた林海と顔を見合わせた。

「兄さんは僕が連れ戻してくるから、父さんと母さんは安心してて」

自らに言い聞かせるためにも、心にもない大見得《おおみえ》を切った七海は、両手を座卓について腰を上げる。

「明日の便が取れたらそれで行くから、僕のお稽古《けいこ》は代わりの先生を頼んでよ」

「こちらのことは私たちに任せてちょうだい」

華子が笑顔で見上げてきた。

七海はわかったとうなずき、両親に背を向けて和室を出て行く。

磨き抜かれた広い廊下を静かに歩きながらも、どうやって海堂を説得しようかと、そのことばかりを考えている。

七海は人並みに反抗期があったが、海堂はそれもなく育った。二十八歳になって初めて、親に反抗したのかもしれない。

「三十路《みそじ》を間近にしての反抗期なんて厄介だよなぁ……」

ふと足を止めた七海は、ガラス窓越しに中庭へ目を向ける。

二人きりの兄弟というだけでなく、海堂とは歳《とし》が近いこともあり、大きな喧嘩《けんか》もなく過ごしてきた。

今回は、事と次第によっては激しい言い合いになりそうだが、海堂と言い争う自分が想像できずに、思わず苦笑いが浮かぶ。

「いい歳して兄弟喧嘩なんかしたくないし、なんとか穏便に話を進めたいな」

ひとしきり庭を眺めてため息をついた七海は、ロンドンに飛び立つ準備をするため、自分の部屋へと向かった。

第二章

ひとり日本を飛び立った七海は、海堂が予約してくれたホテルの部屋にチェックインした。

七海が会いに行くと連絡を入れたところ、海堂は大歓迎してくれただけでなく、自分が泊まっているホテルの部屋を取っておくと言ってくれた。

彼は恋人とロンドンの中心に建つ五つ星ホテル〈アル・ハーディ〉に泊まっている。

どうやって費用を捻出《ねんしゅつ》しているのか知らないが、ずっと恋人とホテル暮らしをしているのだ。

ロンドンを訪れるのは海堂を日本に連れ帰るためだけであり、五つ星ホテルに泊まるなど贅沢《ぜいたく》すぎる気がした七海は断るつもりでいた。

もともと、ロンドンは大学卒業後に二年間暮らした馴染《なじ》みのある街で、自分の好みに合うホテルに泊まりたい気持ちもあったからだ。

それでも、海堂の申し出を断れば、機嫌を損ねる可能性がある。彼と話し合いができないのでは意味がないと考え直し、今回は厚意に甘えた。

そうして、渋々ながら五つ星ホテルに泊まることを承知したのだが、ボーイに部屋まで案内されるや否や、海堂に任せなければよかったと激しく後悔した。

後継者という己の立場を忘れ、海外の高級ホテルで恋人と暮らしているだけでも神経を疑うというのに、彼は弟のためにスイートルームを用意していたのだ。

「なに考えてるんだか……」

休暇を取って遊びに来たとでも勘違いしているような兄に、七海はほとほと呆《あき》れながら広いリビングルームをグルリと眺め回す。

このホテルはオーナーがアラブ人らしく、室内は贅の限りを尽くした造りになっている。

大理石を敷き詰めた床、赤く塗られた壁、金色の柱と天井、そして、そこかしこに飾られている絵画や陶器など、まさに絢爛《けんらん》豪華と言うしかなかった。

「この部屋、一泊いくらするんだ？」

七海には、自分がかなり裕福な家に生まれ育った自覚がある。

実家の敷地は千坪近くあり、祖母、両親、兄の五人で暮らしてきた家屋も呆れるほど広く、住み込みの家政婦と料理人を雇っている。

とはいえ、両親の厳しい躾《しつけ》により、七海は金銭感覚がしっかりしていた。

仮に旅行先で五つ星ホテルしか取れなかったとしても、自分ならばスイートルームに泊まるような贅沢な真似《まね》は絶対にしない。

海堂は跡継ぎとしてチヤホヤされて育ったのは確かだが、同じく金銭感覚はさほどずれていないはずだった。

それだけに、ホテル暮らしをしているうえ、これほどまでに贅沢な部屋を用意したのが、にわかには信じられなかった。

「目がチカチカする……」

派手派手しい赤と金の装飾に睫《まつげ》を瞬《またた》かせたとき、唐突に電話のベルが鳴った。

急な音に驚きながらも、七海は目の前のテーブルに置かれた電話の受話器を取り上げる。

「ハロー」

『七海？　僕だよ。七海がチェックインしたってフロントから連絡があったんだけど、部屋はどう？　気に入ってくれた？』

耳を疑うほどの陽気な海堂の声に、思わず眉根《まゆね》を寄せた。

久しぶりに弟と会えるのを彼は喜んでくれているのだろうが、どこかはしゃいでいるようで癇《かん》に障《さわ》る。

どんな思いでロンドンまで来たと思っているのかと、小言のひとつも言ってやりたい気持ちを抑え、努めて明るい声で返す。

「ありがとう、すごく快適そうな部屋だよ」

『さっそくだけど、彼女を紹介したいから部屋まで来てくれないか？』

「今すぐ？」

『早く七海に会わせたいんだよ』

「わかった」

到着したばかりで少し休みたい気持ちがあったが、ウキウキしている海堂に嫌とも言えずに了承した七海は、彼から部屋の番号を聞いて電話を切った。

遅かれ早かれ、彼とは話し合わなければならない。

外国人女性との結婚を諦めさせ、日本に連れて帰るのが目的なのだから、さっさと用事をすませてしまうに越したことはないのだ。

「着替えくらいするかな……」

自分が着ているシャツに目を向けてつぶやいた七海は、ボーイが運んできてくれた大きなスーツケースに歩み寄っていった。

長時間のフライトでシャツもパンツも皺《しわ》ができてしまっている。

海堂に会うだけならばさして気にもしないが、初対面の相手に対してはさすがに失礼だろう。たとえ、結婚を認められない相手であっても、最低限の礼儀は重んじたいところだ。

七海はスーツケースの前で床に膝《ひざ》をつき、ロックを解除してフタを開ける。

今回の目的はたったひとつだが、宿泊先が五つ星ホテルということもあり、念のためにスーツと和服を一式、用意してきた。

「とりあえずスーツでいいか」

普段は滅多に着ることがないスーツを取り出す。

茶道の稽古を行っているため、ほぼ毎日のように和服を着ている。

稽古を終えたあとの時間を、そのままの姿で過ごしていても苦にならないほど身についていた。

しかし、兄とその恋人に会うのであれば、和服よりはスーツのほうがいいだろうと考え、着替えをすませた七海は、必要最低限のものだけをポケットに入れて部屋を出た。

真っ赤な絨毯《じゅうたん》が敷き詰められた広い廊下を歩き、上階に向かうエレベーターに乗り込む。

海堂が泊まっている部屋は、スイートルームが設けられているフロアより上にある。

ようするに、より豪華な部屋ということだ。そこに、彼は二ヶ月近くに亘《わた》って宿泊しているのだから呆れる。

「エクスキューズ・ミー」

七海がエレベーターを降りるなり、制服姿の男が前に立ちはだかった。

どうやら、このフロアに宿泊している客以外は、勝手にここから先へは進めないらしい。

容易にそうと察した七海が、怯《ひる》むことなく訪問する部屋の番号と宿泊客の名前を告げると、男は急に態度を恭《うやうや》しいものに変え、笑顔で廊下の先を部屋へ案内してくれる。

「サンキュー」

七海は男の後について、海堂の部屋へ向かう。

ドアとドアの間隔がかなり広い。それだけで、ひとつの部屋の広さが窺い知れる。

「どこぞの令嬢とでも恋に堕ちたのか？」

海堂の恋人についてはなにも知らない。

彼が詳細を語らないため、両親ですらよくわからない状況にあるのだ。

頭ごなしに結婚を反対しているのは、どこの誰とも知れない相手だからでもあった。

なぜ海堂が詳しく話さないのかはいまのところ不明だ。

結婚の許しを得たいのであれば、自分から説明すべきだと思うのだが、許可してくれるまでは帰国しないの一点張りだった。

「ここか」

部屋の前まで案内してくれた男は会釈をして戻っていった。七海がインターホンを鳴らすと、待ってましたといわんばかりの勢いでドアが開いた。

シンプルなシャツにパンツといった出《い》で立ちで現れた海堂が、いきなり両手を大きく広げたかと思うと抱きしめてきた。

「七海、よく来たな」

「兄さん……」

海堂とハグなどしたことがなかった七海は瞬間、慌てたが、こちらで長く暮らすことで習慣になってしまったのだろうと思い直して軽く抱き返した。

「さあ、入って。サミーラが待ちかねてるよ」

抱きしめる腕を解いた海堂が、今度は肩に手を回してくる。

あまりの変わりように、またしても七海は慌てた。

仲のいい兄弟として育ったが、二十歳《はたち》を過ぎたあたりからは自然とそれなりの距離を取るようになった。

もう何年も彼と触れ合うこともなく過ごしてきた。挨拶《あいさつ》代わりのハグまでは納得できるが、肩を抱き寄せるような真似はあまりにも彼らしくない。

ひとりの女性と出会ったことで、ここまで変わってしまうものなのだろうかと、七海はにわかに彼の恋人が気になり始める。

「サミーラ」

海堂が部屋の奥に向かって声を張り上げると、美しい小柄な女性が現れた。

「っ……」

七海は思わず息を吞《の》んで目を丸くする。

ロンドンで出会った相手だと教えられたこともあり、勝手に白人女性を想像していたのだが、現れたのは長い黒髪のココア色の肌をした女性だった。

そればかりか、目にも鮮やかなコバルトブルーの、アラブ民族のものと思われる煌《きら》びやかな衣装を纏《まと》っている。

「兄……さん」

七海は言葉が続かず、ただただ驚きの顔で海堂を見返す。

「サミーラ、弟のナナミだ」

英語で紹介した海堂にポンと背中を叩かれた七海は、彼に押されるまま一歩前に出た。

「はじめまして、ナナミ・ハルカゼです」

「ナナミ、お目にかかれて嬉《うれ》しいです。私はシャラフ王国の第二王女、サミーラ・マハド・アル＝ハルビィです」

わずかに訛《なま》りが感じられる英語で自己紹介したサミーラが、にこやかな笑みを浮かべて細い手を差し出してくる。

七海はどうにか表情を取り繕って握手を交わしたが、あまりの驚きに鼓動が速くなっていた。

シャラフ王国はアラブの小国ながらも、豊富な産油国として広く世界に知れ渡っている。

自分の兄がその王国の王女と恋に堕ちたばかりか、五つ星ホテルで同棲《どうせい》生活を送っていたのだから驚かないほうがおかしい。

海堂が結婚したがっている相手がアラブの王女だなどと、いったい誰が想像できただろうか。

どこぞの令嬢ならまだしも、アラブの王女と結婚したいと言い張っているのだから、正気の沙《さ》汰《た》とはとうてい思えない。

ただでさえ外国人との結婚を反対している両親は、この事実を知ったら間違いなく卒倒する。

ロンドンへと向かう飛行機の中で、ことと次第によっては海堂の味方をしてやってもいいと、心の片隅で思わなかったわけではない。

しかし、さすがに七海もその考えが吹き飛んだ。

「サミーラは日本語がほんの少ししか理解できないから、こっちにいるあいだは英語で頼むよ」

そう言いながら七海の腕を軽く叩《たた》いた海堂は、サミーラに歩み寄ると彼女の肩を抱き寄せた。

「向こうで話そう」

海堂に促された七海は、寄り添って部屋の奥へ向かう彼らのあとに続く。

不知火流宗家の後継者がアラブの王女と恋に堕ちたという事実は、日本のマスコミにとって恰《かっ》好《こう》のネタになる。

不知火流始まって以来の、大スキャンダルになりかねない事態だ。

どんなことがあっても、海堂には結婚を諦めてもらうしかないだろう。それも、世間に知れ渡る前にだ。

「このホテルはサミーラのお兄さんが経営していて、ここはサミーラのために用意された部屋なんだよ」

リビングルームに入った海堂が、説明しながら片手でソファに座るよう勧めてくる。

彼をどう説得しようかと頭を痛めている七海は、無言で勧められた場所に腰を下ろした。

サミーラの兄ということは、シャラフ王国の王子ということか。

小国の王子とはいえ、想像を絶する資産を持っているのは間違いなく、高級ホテルの一軒や二軒、所有していても驚きはしない。

それればかりか、オーナーが王子と知り、贅の限りを尽くしたホテルの造りになるほどと納得すらしてしまう。

どちらにしろ、海堂が贅沢なホテル暮らしをしている理由はわかった。ここでの彼はサミーラに厄介になっている立場なのだ。

己の立場を忘れて恋人との生活を楽しんでいる海堂は、サミーラのことしか考えられない骨抜きの状態にあるのだろう。

不知火流の次期宗家として日々の精進を欠かさないできた彼も、この二ヶ月余りは稽古すらしていない可能性がある。

恋愛によって人は変わるというが、こうまで変わってしまうのかと驚くばかりだ。

「兄さん、本気で父さんたちが結婚を許してくれるまで帰国しないつもりなの？」

あえて日本語で問いかけた七海は、ソファにサミーラと身を寄せ合って座り、彼女の腰に腕を回している海堂を真っ直ぐに見据える。

アラブ人の年齢は判断しにくいが、サミーラはかなり若そうだ。二十歳になるか、ならないかくらいだろう。

華奢なその身をすっかり海堂に預けている彼女は、全信頼を恋人に寄せているようだ。

愛らしい黒い瞳で海堂をずっと見つめていたが、七海が口を開くと控えめな視線をこちらに向けてきた。

理解できない言葉に不安を感じたのかもしれない。

彼女にとって気分のいい話ではないだろうと思い日本語にしたのだが、七海はかえって後ろめたさを感じてしまう。

「僕はサミーラと永遠の愛を誓ったんだ。許してもらえないなら、こっちで彼女と暮らす」

海堂は恋人に聞かれてまずい話などひとつもないと言いたげに、英語で答えを返してきた。

ならば、こちらも英語で貫き通すだけだと、七海は言葉を切り替える。

「不知火流はどうするつもり？　兄さんは次期宗家なんだよ？」

「僕だってきちんと跡を継ぎたいよ。だけど、サミーラを認めてくれないなら、宗家の座は捨ててもいいと思ってる」

「本気で言ってるの？　そんな簡単に捨てられるわけないだろう！　だいたい、彼女は許しをもらえてるの？　結婚相手が日本人でもいいの？」

つい声を荒らげてしまった七海は、肩で大きく息をつく。

これほど自分勝手な意見を口にする海堂は初めてだ。耳を疑ってしまう。

まったくの別人と化してしまったかのような彼を前に、説得して日本に連れ帰ることなど自分にできるのだろうかと弱気になってくる。

「彼女のほうは問題ない。サーリムも喜んでくれている」

「サーリムって誰……」

七海が険しい顔で食ってかかろうとしたとき、インターホンの音が鳴り響いた。

驚いて口を噤《つぐ》んだ七海とは対照的に、海堂とサミーラは顔を見合わせて微笑《ほほえ》む。

「迎えに行ってきて」

海堂の言葉にサミーラが笑顔で軽くうなずき、民族衣装の長い裾《すそ》を指先でたくし上げて優雅にソファから立ち上がる。

こちらを見て軽く会釈した彼女は、足早にリビングルームを出てドアに向かった。

「誰か来る予定になってるの？」

「サーリムだよ、サミーラのお兄さん」

答えつつ立ち上がった海堂を、サーリムが誰か、ようやく知った七海は唇を噛《か》んで見上げる。

シャラフ王国の王子でありながら、妹が日本人と結婚することを喜んでいるという男の登場に漠然とながら不安を覚えた。

「ミドー、久しぶりだな。元気そうでなによりだ」

陽気な声が部屋に響き渡り、海堂を見上げていた七海は座ったまま視線を男に移す。

サミーラの肩を抱き寄せながら入ってきた長身の男が、満面の笑みで海堂に歩み寄っていく。

男は肌の色がサミーラよりわずかに濃く、金糸の刺繍《ししゅう》を施した艶やかな純白の民族衣装が、よく映えている。

羽織っている長いローブと、頭に被《かぶ》っている純白の布にも金糸で刺繍が施されていて、それを留める三重の輪も金色だ。

目鼻立ちのはっきりとした端正で理知的な顔、よく通る張りのある声、堂々とした立ち居振る舞いなど、まさに王族の風格があった。

「サーリム、よくいらしてくださいました」

駆け寄っていった海堂は、両手を広げて迎える男と躊躇《ためら》うことなく抱き合い、再会の喜びを分かち合った。

力強い抱擁を終えて視線をこちらに移してきた男が、品定めでもするかのようにジッと見つめてくる。

目が合った七海が条件反射で頭を下げると、顔を綻《ほころ》ばせた男が大股《おおまた》で歩み寄ってきた。

「そなたが噂《うわさ》のナナミか？」

尊大な口調と態度の男は、同じ王族ながらも控えめなサミーラとは対照的だ。

普段であれば一国の王子ならではの態度と気にも留めないところだが、気が立っているところに不躾《ぶしつけ》な問いを向けられた七海は憮然《ぶぜん》と見返す。

「サーリム、弟の七海です。七海、こちらは……」

慌てた様子であいだに割って入ってきた海堂が紹介役を買って出たが、言葉半ばで男は遮るように一歩、前に出てきた。

「シャラフ王国の第三王子、サーリム・マハド・アル＝ハルビィだ。ミドーからそなたの話を聞かされ、一度、会いたいと思っていたんだ」

訛りひとつない完璧《かんぺき》な英語で自己紹介をしたサーリムが、大きな手を差し出してくる。

彼の態度に反感を覚えたとはいえ、握手を拒むほど大人げない人間ではなく、七海はしっかりと握り返す。

「はじめまして、ナナミです」

七海はすぐに手を離そうとしたが、ことさら強く握り返してきた彼にその手をグイッと引っ張られ、不意のことにバランスを崩した。

「うわっ」

まるで自分から飛び込んでいったかのように、サーリムの胸に勢いよくぶつかり七海はおおいに慌てる。

しかし、彼は平然と両手で抱きしめてきたばかりか、黒曜石を思わせる魅惑的な瞳でジッと見つめてきた。

「彼らが結婚すれば私たちも近しい間柄になる、これからよろしく頼むぞ」

サーリムは楽しげに言ったが、その言葉にあたふたしていた七海は我に返る。

両手で彼の胸を押し戻し、一歩下がって大きく息を吐き出した。

「サーリム王子は、彼らの結婚を認めていらっしゃるそうですが、両親も僕もこの結婚には反対

しています」

「そうらしいな？　しかし、なぜ反対なのだ？　国際結婚などいまどき珍しくもないだろう？」

納得がいかないといった顔で肩をすくめたサーリムは、しなやかな生地をたっぷり使った民族衣装を翻し、ソファの中央にどっかりと腰を下ろす。

それを合図にしたかのように、手を取り合った海堂とサミーラが、少し離れた位置に並んで腰かける。

自分だけが立っているわけにもいかず、かといってどこに座ればいいだろうかと七海が迷っていると、サーリムが目の前を片手で指し示してきた。

「失礼します」

彼の正面に座るのはなんとなく気が引けたが、遠慮しても始まらないと一礼して腰かける。

結婚を考えている二人の兄弟が揃《そろ》ったのだから、本来ならば場が明るくなりそうなものだ。

しかし、広いリビングルームには重い空気が流れている。

雰囲気を暗くしているのが、結婚に反対している自分だとわかるだけに、七海も居心地が悪かった。

海堂との結婚をサーリムが認めている以上、そう簡単には諦めないだろう。

そんな彼らを説得しなければならないのだから大変だ。

とはいえ、アラブの王女との結婚など、どう考えても無理に決まっている。不可能に近い。

宗家の妻が外国人というだけでも前代未聞なのだから、両親だけでなく流派を支える重鎮たちからも反対の声があがるだろう。

嫌な役目を押しつけてきたものだと、七海は今さらながらに両親を恨めしく思っていた。

「私はミドーとサミーラが結ばれたことを心から嬉しく思っている。できれば、結婚の許しが得られるようそなたからご両親を説得してもらいたい」

考えあぐねているうちに先手を打たれてしまった七海は、苦虫を噛み潰《つぶ》したような顔でサーリムを見返す。

「七海、僕からも頼むよ。サミーラは日本で暮らしてもいいと言ってくれているし、日本語も少しずつだけど覚えていってるんだ。絶対に宗家の妻に相応《ふさわ》しい女性になる。それは僕が保証するから、どうか父さんたちを説得してほしい」

海堂から追い打ちをかけられ、ただでさえ分が悪い七海は苛立《いらだ》ちが募る。

「説得なんかできるわけないだろう、そんなことわかりきってるじゃないか。不知火流がどれだけ伝統と格式を重んじているのか、兄さんだってわかっているはずだ。宗家の妻には不知火流に相応しい日本の女性じゃなきゃダメなんだよ」

七海が一気にまくし立てると、海堂はすぐさま声高に言い返してきた。

「サミーラは僕の妻に相応しくないって言うのか？」

海堂の怒鳴り声すら聞いたことがない七海は、思わず唇を噛みしめる。

愛する女性を侮辱されたも同じであり、怒りを露《あら》わにする彼の気持ちは理解できる。

しかし、伝統と格式を保ってこそ、茶道界はもとより世間にも不知火流の名を広く知らしめられるのであり、宗家に生まれた者としてはどうしても譲れなかった。

「宗家の妻として、だよ」

「同じことじゃないか！　人種差別もいいところだ」

苦し紛れで返した答えに食ってかかってきた海堂が、いつになく厳しい視線を向けてくる。

反論することもできないばかりか、視線を落としているサミーラを目にして、自分がひどく下劣な人間に感じられた七海は、やりきれない思いで口を噤んだ。

「せっかくこうして会えたんだ、みんなで食事をしながらゆっくりと話をしようじゃないか」

兄弟喧嘩を見かねたのか、唐突に口を挟んできたサーリムがサミーラを手招く。

それまで無言で大人しくしていたサミーラが、ソファからスッと立ち上がってサーリムの後ろに回り込んだ。

座ったまま振り返ったサーリムがなにか耳打ちをすると、サミーラは小さくうなずいてリビングルームを出て行った。

「日本には王族よりしきたりが厳しい家があるのだな」

背もたれに片腕を預けてくつろいだサーリムから柔らかな笑みを向けられ、海堂と言い合いをして気まずい思いをしていた七海は苦笑いを浮かべる。

「大きな声を出して申し訳ありませんでした」

膝の上に両手を揃えて素直に詫《わ》びると、サーリムが明るい笑い声を立てた。

「気にするな、兄弟は大声で言い合えるくらいのほうがいいものだ。それより、勝手に食事をと言ったが、ナナミはこちらに着いたばかりなのだろう？　疲れているのではないか？」

彼はどうなのだと軽く首を傾《かし》げる。

尊大な態度ながらも、彼には人を気遣う優しさがあるようだ。

第一印象はあまりよくなかったが、それは先入観によるものであり、微笑みを浮かべている今の彼には親しみを覚えた。

「いいえ、快適なフライトでしたので、それほど疲れていません」

多少の眠さはあったが、断るのが失礼な気がした七海が笑顔で答えると、サーリムは嬉しそうに顔を綻ばせた。

「それはなによりだな。このホテルのレストランでは、パリから呼び寄せたシェフが腕を振るうぞ。兄弟喧嘩は一時休戦にして、最高級の料理を楽しんでくれ」

「ありがとうございます」

礼を言った七海は、黙ったままの海堂をちらりと見やる。

相変わらず憮然とした顔をしているところをみると、怒りはまだ収まっていないようだ。

今は互いに感情的になってしまっているのは間違いなく、とにかく気持ちを落ち着けるのが先決だろうと思う七海は、仲裁に入ってくれたサーリムに感謝していた。

第三章

妹が恋した男の弟が日本からやってくると聞き、ロンドンまで自家用ジェットでシャラフ王国から飛んできた。

愛し合うサミーラと海堂の結婚を反対する弟とは、いったいどんな男なのだろうかと、そんな興味本位から取った行動だった。

ところが、一目見た瞬間、七海のたおやかな美しさに、心臓を鷲摑《わしづか》みにされてしまった。

兄弟だけあり、海堂と顔立ちは似ているが、どこかおっとりとした兄に比べ、七海には芯の強さが感じられた。

真っ直ぐに見てくる少しきつめの黒い瞳がなんとも魅力的で、漂う色香に男ながらもおおいにそそられたサーリムは、四人での食事を終えたあとも彼と別れがたくなり、部屋で酒でも飲まないかと誘った。

最初は彼もいきなりの誘いに躊躇《ためら》いをみせたが、珍しい酒があると言うと、「一杯だけなら」と承知してくれたのだった。

ホテルの最上階に設けた自分の専用室に七海を招いたサーリムは、毛足の長い絨毯を敷き詰めたリビングルームで彼のために酒の用意をしていた。

サーリムはいつものように、民族衣装のまま絨毯の上に膝を立てて座っている。

上質な純白の絹で仕立てられた足下まで覆うソーブ、上に羽織るローブ、そして、頭に被るゴトラには、王族の証《あかし》である金糸の刺繍が豪華に施されている。

季節によって素材は異なるが、王族は年間を通して純白の生地に金糸の刺繍を施した民族衣装を身につける。

ゴトラを留めるエカールは、一般市民は黒い二重のものを使っているが、王族は三重になった金色のものを使用した。

ホテルなどの事業を手がけているため、母国よりも海外で過ごす時間のほうが長いが、シャラフ王国の王子としての誇りを持つサーリムは、常に民族衣装で行動していた。

いっぽう七海は、スーツの上着を脱ぎ、ネクタイの結び目をわずかに緩め、サーリムの背後にある長椅子《ながいす》でくつろいでいる。

肘《ひじ》掛けに腕を預けている彼は、最高級のフレンチとワインを堪能《たんのう》したからか、とても満足そうな顔をしていた。

「ナナミは見かけによらず酒に強いのだな」

テーブルの上から取り上げたロックグラスを差し出すと、手に取った七海が軽く首を傾げる。

「これはなんですか？」

グラスに満たされた白い液体を、彼は興味深げに見つめた。

「アラックという葡萄《ぶどう》から作ったアラブの酒で、もとは透明だが水を混ぜると白くなる。香りがいいから飲んでみるといい」

サーリムが説明してやると、小さくうなずいた彼は勧められるままグラスを口に運んだ。

「本当だ、とってもいい香りですね」

一口、味わった七海がニッコリと笑う。

ボトル半分ほどのワインを飲んだ彼は、ほんのりと頬《ほお》が赤く染まり、黒い瞳がわずかに潤んでいる。

まだ足下も言葉も乱れていないが、多少は酔いが回ってきているのかもしれなかった。

「強い酒だから、一気に飲まないほうがいいぞ」

注意を促すと、彼は小さくうなずいた。

彼が座る長椅子の座面に片肘を載せて見上げているサーリムは、艶っぽい表情につい見惚《みほ》れてしまう。

「どうかしましたか？」

こちらの視線を感じ取ったのか、七海が潤んだ瞳で見つめてくる。

本人に特別な意図はないのだろうが、まるでこちらを誘っているかのようだ。

これまで数々の女性を相手にしてきたが、七海のように見つめられただけでときめきを感じたことはなかった。

「ナナミは人の恋路を邪魔するような野暮な男には見えないのに、なぜ結婚に反対するのか不思議でならない」

サーリムが思いつきに過ぎない問いを向けると、彼はグラスを揺らしながら苦々しく笑った。

「僕だって本当なら反対なんかしたくないです。結婚は好きな人とするものだと思っていますから」

真っ向から結婚に反対していたとは思えない意外な答えに、サーリムは思わず首を傾げる。

「それでも家のためを思うと認められないのか？」

「兄は長男ですから、父の跡を継ぐ運命にあるんです。それは変えようがない……王家に生まれたサーリム王子ならおわかりになりますよね？」

「確かに王位継承権は第一王子にあり、生きている限りは継ぐ運命にあるな」

「兄も同じなんです」

力なく笑った七海が、再びグラスを口に運ぶ。

強い酒と言われて警戒したのか、舐《な》めるようにして味わっている。

「では、あくまでもサミーラとミドーの仲を裂くと？」

改めて訊《たず》ね、少なめの水で割ったアラックを飲みながら七海を見返す。

サーリムには二人の兄と二人の妹がいる。二十歳になったばかりのサミーラとは十歳離れているが、彼女にとっては一番、歳が近い兄であり、幼いころからまとわりつかれた。

兄として愛くるしい彼女を可愛《かわい》がり、大人になった今も変わらず目の中に入れても痛くないほど愛している。

まさに溺愛《できあい》する妹であり、なによりも彼女の幸せを願っていた。

日本人と恋に堕ちたと知ったときはさすがに驚いたが、サミーラが選んだ相手に文句をつける気などさらさらなかった。

海堂の生まれ育ちは文句のつけようがなく、妹に対する愛情も深いことが傍から見てもわかり、彼にになら宝物のようなサミーラを委《ゆだ》ねられると思った。

二人の結婚を心から祝福し、盛大な披露宴を設けてやるつもりでいるサーリムには、反対したくないと言いながら海堂を日本に連れ戻そうとする七海の気持ちが理解できないでいた。

グラスを傾けつつ答えを待っていると、しばらく無言で手元を凝視していた七海がようやく口を開いた。

「できればしたくないから困っているんです。あんな幸せそうな兄を見るのは初めてで……」

七海はなんとも言い難い顔つきで、大きなため息をもらした。

海堂とサミーラは、どこからどう見ても幸せいっぱいの熱愛カップルだ。

食事の席でそれを目の当たりにした七海は、彼らを無理やり別れさせることに心が揺らぎ始めたのだろう。

つい先ほどまでの彼は、結婚を諦めて日本に帰るべきだと一歩も譲らなかった。

流派のため、家のため、そればかりを口にする七海を、最初はなんと考えが古く頭の固い男だと呆れたが、どうやら思ったほどの石頭ではなかったようだ。

七海が味方になってくれそうな気がしたサーリムは、とっておきの笑みを浮かべ、穏やかな声で話しかける。

「心のどこかで許してやってもいいと思っているなら、彼らのためにナナミがご両親を説得してくれないか？」

どうだろうかと軽く首を傾げてみせると、なぜか七海は表情を険しくした。

「兄もそんなことを言ってましたけど、それは僕がすべきことじゃないと思います」

「ナナミ？」

思いがけず強い口調で返してきた七海を、サーリムは怪訝《けげん》な顔で見返す。

すると、彼はしまったといった感じで苦々しく笑った。

「すみません、大きな声を出して……」

「気にするな、思うところがあるのだろう？」

「僕は……もし本当にサミーラ王女と結婚がしたいなら、兄は両親ときちんと話し合うべきだと思うんです。それすらしないで、僕に親を説得してくれと頼んできたり、許してくれないなら宗家の座を捨てるとか平気で言ったりするから腹が立って……」

彼は躊躇いがちに話し始めたものの、言い終えると大げさに肩をすくめて頭を左右に振った。

ただ外国人だからという理由で反対しているのではなく、七海は後継者である兄の態度に煮えきらない思いを抱いているようだ。

海堂から茶道や不知火流についていろいろと話を聞き、伝統と格式を重んじる彼の家は王家に近いものがあると感じていた。

そうした家の長男として生まれ、父親の跡を継ぐ気でいた海堂も、サミーラと出会ったことで優先順位が変わった。

サミーラのためなら家を捨ててもいいと言いきった海堂に、彼なりの葛藤《かっとう》があったのは間違いなく、苦渋の決断だったはずだ。

すべてを捨ててサミーラと一緒になるならそれでいい。援助なら自分がいくらでもしてやると、そのつもりでいた。

愛がすべてと考えるサーリムには、海堂の決断が素晴らしいものに思えたが、七海にとっては安易で身勝手に感じられたのかもしれない。

跡を継ぐことを諦めるのではなく、後継者としての務めを果たし、なおかつ祝福される結婚をすべきだという七海は、考え方が前向きで堅実だ。

(見た目以上のしっかり者だな……)

七海の内面を知ってますます惹《ひ》かれていたサーリムは、上機嫌でグラスの酒を呷《あお》る。

「自分の思い通りにならないなら帰国しないなんて、今の兄は駄々をこねる子供と一緒です」

まだ言い足りなかったのか、七海は不満げに吐き出すと、まだいくらも酒が減っていないグラスを口に運ぶ。

「ナナミ……」

彼がグラスを大きく傾けるのを目にし、サーリムは慌てて手を伸ばしたが、止めるのは間に合わなかった。

ゴクゴクと喉《のど》を鳴らして酒を飲み干した七海が、満足そうなため息をもらす。

「一気に飲んではダメだと言っただろう」

濡《ぬ》れた口元を片手で拭《ぬぐ》っている七海を呆れ顔で咎《とが》め、彼の手から空のグラスを取り上げテーブルに戻した。

グラス一杯のアラックをひと息に飲み干せば、かなりの酒豪でも頭がクラッとする。

七海は酒に強そうだが、長旅で疲れているだけでなく、すでにワインを飲んでいるのだから、今の飲み方は危険だ。

いつ目眩《めまい》がしてもおかしくない。大丈夫だろうかと心配になって顔を覗《のぞ》き込むと、七海の身体がグラリと揺れた。

「あっ……」

彼が慌てたように長椅子の肘掛けを摑《つか》む。

どうやら、心配が的中してしまったようだ。

サーリムは床から腰を上げて長椅子に座り、七海の身体を支えてやる。

「アラックはアルコール度五十の酒なんだぞ」

「そんなことを今、言われても……」

身体を起こしているのすら辛《つら》いのか、彼がぼやきながら寄りかかってきた。

初対面の挨拶で抱き合ったときにも感じたが、上着を着ていない彼に腕を回してみると、本当に細くしなやかな身体をしている。

女性のような、ふくよかさがないぶん、よけいに細く感じられるのかもしれない。

七海の裸を見てみたい。そんな邪《よこしま》な考えがふと脳裡《のうり》を過《よ》ぎったサーリムは、会ったばかりなのにくだらない思いを抱いた自分に呆れて小さく笑う。

「すみません……僕……もう……」

意識を保つことができなくなったらしく、七海がトンとサーリムの肩に頭を預けてきた。

いくらもせずに彼が静かな寝息を立て始める。

アラックを一気に飲んだことで、完全に酔っぱらってしまったようだ。

「まったく、初対面の相手の前で泥酔など強者《つわもの》すぎるぞ」

人の注意に耳を貸さないからだと呆れながらも、すっかり身を任せきっている七海が妙に愛《いと》おしくなる。

脱力している七海の身体を両手で抱き上げ、長椅子から立ち上がったサーリムは奥のゲストルームへと運んでいく。

長時間のフライトの疲れに酒の酔いが加わっては、たぶん朝まで目を覚まさないだろう。

「ゆっくり眠るといい」

ゲストルームのベッドに七海を横たわらせ、ネクタイを解いて襟から引き抜いてやる。

「うん……」

熱い吐息をもらすとともに、彼が苦しげに首を振った。

「これでは寝苦しいか」

襟を開いたほうが楽になるだろうと、ベッドの脇《わき》に腰かけワイシャツのボタンを上から外し始める。

しかし、二つ目のボタンを外したところで、サーリムは手が止まらなくなった。

すべてのボタンを外し、シャツの前を大きく開いて彼の肌を露わにする。

「これほど美しい肌は初めてだ……」

思わず喉が鳴った。

染みひとつない白く滑らかな肌にそそられ、たまらずなだらかな胸にそっと手を置く。

「ほう……」

吸いつくようなしっとりとした感触に、思わずため息をもらしたサーリムは、慈しむように肌を撫《な》で始めた。

「ん……」

指先が小さな突起をかすめた瞬間、七海が小さな声をもらし、ハッとして手を止める。

肌に釘付《くぎづ》けになっていた目を彼の顔へ移してみるが、目を覚ました様子はない。

「無防備なそなたが悪いのだぞ」

にわかに湧《わ》き上がってきた昂揚《こうよう》感を抑えられなくなり、スラックスの前を開いて下着ごと剝《は》ぎ取った。

前がはだけたワイシャツに靴下だけという中途半端な姿すら、今のサーリムの目にはなんとも妖艶《ようえん》に映る。

「可愛らしいな」

薄い繁《しげ》みに覆われた小振りの男性自身を指先ですくい上げ、顔を近づけてじっくりと眺めた。

うっすらとピンクがかった七海のそれは、まだ誰とも交わったことがないのではと思えるほどに初々しい。

「そなたが女を抱く姿が想像できない」

まだ柔らかな中心部分を指先で弄《もてあそ》びながら、サーリムは愛しげに七海の顔を見つめた。

シャラフ王国の王子は十五歳になると、成人した証としてハーレムが与えられる。

間もなく三十歳になるサーリムが、初めて女性とベッドをともにしてから、すでに十五年の時が過ぎた。

ハーレムではもちろんのこと、これまで訪れた国々で数えきれないほどの女性を抱き、戯れに男性をもベッドに誘ってきた。

世の男たちが羨《うらや》むくらいの経験がありながらも、一度として心から愛しいと思える相手とは出会わなかった。

それが、ようやく今日、運命とも言える出会いを果たした。

七海を見ているだけで胸が高鳴る。

美しく勝ち気な彼のすべてが愛おしく、自分だけのものにしたくてたまらない。

湧き上がってくる熱い思いを抑え込めなくなったサーリムは、深い眠りの中にある七海自身に唇を寄せていく。

まだ柔らかな先端部分を口に含むと、細い身体がピクリと動いた。

そんな些細《ささい》な反応が楽しく、少し強めに先端部分を吸い上げる。

「うーん……」

今度は小さな声をもらして身じろいだ。

咥《くわ》えたまま様子を窺うが、起きたわけではなさそうだった。

熟睡している彼が口淫《こういん》にどれほどの反応を示すのか、それが知りたくて大胆にもすっぽりと口に含む。

唇と舌を使い、丹念な愛撫《あいぶ》を加えていくと、柔らかだったそれが次第に熱を帯びてきた。

反応のよさに気をよくしたサーリムは、片腕に七海の腰を抱き込み、喉元奥深くまで呑み込んだ彼自身を存分に味わう。

つけ根から先端に向けて窄《すぼ》めた唇を何度か動かすと、彼自身の熱がさらに高まり、硬度が増してきた。

ときおり甘ったるい吐息混じりの声をもらし、せつなげに身を捩《よじ》るのは感じているからだろうが、七海はきっと夢の中の出来事だと思っているに違いない。

夢を見ながら達してしまうのは、若い男によくあることだ。

実際に口淫されているのだから、彼はさぞかし気持ちよい夢を見ているはずだ。

眠っていながら感じている。その事実が嬉しくもあり、楽しくもあるサーリムは、力を漲《みなぎ》らせてきた彼自身にさらなる愛撫を加える。

「う……ん……」

舌先で裏筋をなぞると、七海の平らな下腹がかすかに波打った。

続けて鈴口に舌先を押し込むと、彼の腰が大きく揺れた。

舌先での愛撫のひとつひとつに、強い反応を示してくる。

張り詰めた先端部分に舌を絡めつつ内腿《うちもも》を柔らかにさすると、しどけなく足が開いていった。

指先と手のひらできめ細やかな肌の感触を楽しみ、唇と舌で初々しい七海自身を味わう。

このまま続けていれば、いくら酔っているとはいえ彼も目を覚ますだろうが、もうどちらでもよくなっていた。

覚醒《かくせい》したならしたで、今とは違った反応を楽しめる。

夢の中にいてもらす喘《あえ》ぎ声ではなく、現実として快感を味わっているときの淫《みだ》らな声を聞きたくもあった。

最初は縮こまっていた七海自身は、もうすっかりと勃《た》ち上がっていて、口の中で熱く脈打っている。

舌先に感じる脈動が心地よく、サーリムは昂揚感が増していく。

いったん顔を上げ、唾液《だえき》に濡れそぼった熱い塊を片手に握り取る。

濡れた唇を舐めつつ七海の顔に目を向けると、不意に彼が頭を起こした。

「う……ん……」

焦点が定まらないのだろうか、彼は必死に瞬きを繰り返す。

サーリムは彼を見つめたまま、熱い塊を緩やかに片手で扱《しご》く。

「んふっ」

甘ったるい声をもらして彼は頭を枕《まくら》に落としたが、再度、サーリムが手を動かすと、ハッとしたように目を見開いて顔を上げた。

「サー……リム？」

名前を口にした彼がこちらを凝視してくる。

しかし、長く頭を起こしていられないらしく、すぐにトンと落としてしまう。

夢と現《うつつ》を彷徨《さまよ》っている様子を見て楽しみながら、サーリムはリズミカルに手を上下させる。

まとわりついた唾液のせいで手が滑らかに動くばかりか、くびれの部分を通過するときにはクチュッといやらしい音を立てた。

「あぁ」

七海の身体が小刻みに震え、手の中のものがより硬度を増す。

伝わってくる脈動も激しくなり、扱き上げるたびに鈴口から甘い蜜《みつ》が溢《あふ》れた。

「や……ぁん……どう……して……」

しなやかに背を反らしながら、日本語らしき言葉を口にした彼がしきりに首を振る。

咄嗟《とっさ》に英語が出てこないところをみると、覚醒しきっていないようだ。

まだ夢と現実の狭間《はざま》を行き来しているのだろう。

「あ……サーリ……ム……やめ……」

手淫《しゅいん》の動きを速めると、抗《あらが》い難い快感に襲われたのか、七海は嫌がるように身を捩り、さらには手を退かそうともがいた。

ようやく意識が舞い戻ったらしい。だが、アラックに力を奪われている彼に抵抗などできるわけがない。

案の定、彼の手はほんの少し浮き上がっただけで、パタリと落ちてしまった。

「んっ」

蜜に濡れた先端を指の腹で悪戯《いたずら》に撫でてやると、彼は唇を噛んであごを反らす。

露わになった喉元がかすかに震えている。

このまま快感に屈するのだろうかと指を動かしつつ様子を窺っていると、急に頭を起こした彼が手を押さえてきた。

「やめろ……」

ついに英語で阻止してきた彼が、きつい視線を向けてくる。

さすがに酔いも飛んだのかと思ったが、指には力が感じられない。どうやら、彼の身体はまだアラックに支配されているようだ。

「手を離せよ」

先ほど以上の強い口調で言い放ってきたが、それを無視して濡れた鈴口に指先を押し込む。

「はうっ……」

強烈な刺激に七海の腰が跳ね上がる。

彼がどれほどの快感を味わっているかは、同じ男だから手に取るようにわかる。

身体を震わすほどの快感に、今の彼は身を投じたくなっていることだろう。

しかし、彼は簡単には屈しなかった。指先に渾身《こんしん》の力を込め、敏感な場所を弄ぶ手を払いのけようとしてくる。

「いやだ！　手をどかせ！」

手を摑んでくるのがやっとの状態だというのに、必死に抗おうとする七海の気丈さに、サーリムはかつて感じたことのない征服欲を掻《か》き立てられた。

「ナナミ、そなたを私のものにする」

真っ直ぐに七海を見つめて言い放ち、睨《にら》みつけてくる彼の手をあっさりと叩き落とす。

「天国へ行くがいい」

ペロリと唇を舐めて濡らし、手の中でいまだ硬度を保っている七海自身に顔を寄せていく。

「いやだ――――！」

叫び声をあげ、頭を摑んできた彼に、エカールごとゴトラを剝ぎ取られた。

肩まで伸ばした豊かな黒髪がはらりと顔にかかったが、サーリムはかまわず蜜がとめどなく溢れる先端部分を口に含む。

「あぁぁ……」

窄めた唇で強く吸い上げたとたん、頭を摑んでいた七海の手がベッドに滑り落ちる。

さらに、わざと淫らな音を立てて先端を吸い、輪にした指で根元から扱き上げると、彼は追いすがるように腰を浮かせてきた。

「うん……んっ……んん……」

七海はもう拒絶の言葉すら出てこなくなっているのか、鼻にかかった甘ったるい声をしきりにあげる。

酔いの痺《しび》れが残る中で得る快感はさぞかし甘いことだろう。隅々まで満たしていく快感に、身体は蕩《とろ》けそうになっているに違いない。

彼がこれまでに味わったことがない、虜《とりこ》になるほどの最高の快楽を与えてやりたい。

そんな思いに囚《とら》われたサーリムは、唇、舌、指のすべてを駆使し、しどけなく身を捩りながら快感を貪《むさぼ》り始めた七海を頂点へと導いていく。

「やっ……んふ……んっ……」

彼の下腹が激しく波打ち、投げ出している手脚の震えが止まらなくなる。

宥《なだ》めるように脚を撫でてやると、しっとりと汗ばんだ肌が手のひらに吸いついてきた。

絹のような滑らかな手触りに身体中の血が滾《たぎ》り、サーリムは今すぐ七海を組み伏したくなる。

しかし、快感に打ち震える彼を早く楽にさせてやりたい気持ちもあり、魅惑的な身体を味わうのはそれからでも遅くないと自らに言い聞かせた。

「あ……ああっ……や……もっ……やめて……出る……」

彼が口走る言葉はひとつも理解できないが、艶やかな声の響きから限界に近いことは容易に察せられる。

それればかりか、口の中いっぱいになるほどに力を漲らせ、熱く脈打つ彼自身が、弾ける寸前であることを雄弁に物語っていた。

「イク……も……」

サーリムの髪を指で搦め捕った七海の呼吸がにわかに荒くなり、腰が淫らに上下し始める。

もう一秒たりとも待てないところまで追い詰められているようだ。

この期に及んで意地悪をするつもりはなく、サーリムは深く咥え込んだ彼自身を唇でリズミカルに扱いてやる。

彼は唇の動きに合わせて腰を揺らしたが、それもほんの短いあいだだった。

「ん……っ」

極まりの声をあげた七海が息むと同時に、サーリムの口内に精が迸《ほとばし》る。

吐精の最中、輪にした指で根元から強めに扱いてやると、彼は激しく腰を振って逃げ惑った。

「やっ……ああっ……あ……っんん……ん……」

セックスから遠ざかっていたのか、七海の吐精がやけに長い。

最後の一滴まで絞り取ってやるつもりで、口から逃れようともがく彼の腰を押さえ込み、手淫を加えながら先端部分を吸い上げる。

唇の端から溢れそうになる精を飲み下し、さらに何度か熱い塊を絞り上げると、小さな声をあげた彼の身体から不意に力が抜け、浮いていた腰がベッドに落ちた。

「ナナミ？」

頭を起こしたサーリムは、七海の顔に視線を向ける。

柔らかな枕に頭を預けている彼は、うっとりと目を閉じていた。

「ナナミ？」

改めて呼びかけてみたが反応がない。

精と唾液に濡れた唇を拭いながら、ゆっくりと身体を起こす。

「意識を飛ばすほどに気持ちよかったか」

気を失っている七海を見つめつつ、サーリムは満足そうに微笑む。

続けて存分に彼を味わいたいところだが、この状態ではそれも無理そうだ。

「今夜はゆっくり休むといい」

ベッドから降りて、七海の身体をシーツで覆ってやる。

すでに深い眠りに落ちてしまっているのか、彼はピクリとも動かない。

「人形のようだな」

ベッドの脇に立ったサーリムは、目を細めて七海の端正な顔をひとしきり見つめ、彼に剝ぎ取られたゴトラを被り直してエカールできっちりと留めた。

「ナナミ、そなたは私のものだ」

ようやく、生涯、添い遂げたいと思える相手と出会えた。

泉のように湧き上がってくる愛のすべてを彼に注ぎ、幸せなときを二人で過ごしたい。

耳に残る七海の淫らな喘ぎ声に頬を緩めながら、乱れたローブとソーブを直したサーリムは、彼を起こさないよう静かにゲストルームをあとにした。

第四章

遠くから聞こえてくる小鳥のさえずりに、深い眠りの底から現実へと引き戻された七海はゆっくりと瞼を上げる。

焦点を定めるために何度か瞬きをしてから、横たわったまま高い天井を見つめた。

金細工が施された豪奢《ごうしゃ》な天蓋《てんがい》から、薄紅色のシフォンが下がっている。

ベッドを取り囲む柔らかな布がときおりそよぐ風で優雅に波打ち、裾に取りつけられた金の飾りがシャラシャラと軽やかな音を立てた。

「えっ？」

目の前に広がる贅沢な光景が、ホテルの寝室とはあきらかに異なることに気づき、慌ててベッドから飛び出す。

「なっ……」

さらなる驚きの光景を目にした七海は息を呑む。

鎧戸《よろいど》を開け放したアーチ状の窓の外には青空が広がり、部屋に差し込む太陽光が大理石の床を明るく照らしていた。

目映《まばゆ》いほどの陽差しと、冴《さ》え冴《ざ》えとした青空から、ここがロンドンではないことがわかる。

よく目を凝らしてみると、大理石が使われているのは床だけではなかった。壁、柱、ドーム状の天井に至るまで、すべてが大理石で造られている。

部屋には数えきれないほどの、豪華な調度品や装飾品がある。どれも、イスラム系のものばかりだ。

本来であれば過剰な装飾と色彩に息が詰まりそうなものだが、呆れるほど高い天井と部屋の広さにこれっぽっちも窮屈さを感じない。

「どこだ？」

七海は初めて目にした部屋を呆然《ぼうぜん》と見回す。

「あっ……」

部屋の片隅に見覚えのあるスーツケースを見つけ、そちらに駆け寄ろうとした瞬間、自分が浴衣を着ていることに気づいて足を止めた。

眉根を寄せて自分に目を向ける。旅行の準備を整えているとき、スーツケースに入れた浴衣に間違いない。

寝るときはパジャマよりも浴衣が楽で、旅先にも必ず一枚、持っていくようにしている。

浴衣を着て寝ていること自体はおかしくないが、昨夜、自分で着替えた記憶はなかった。

「なんだよこれ」

浴衣の合わせが左前になっている。

和服を着慣れている者にとってはありえない着付けだ。

腰に巻いた兵児帯《へこおび》は腹の前で蝶々《ちょうちょ》結びにしてあるのだが、一重で結んでしまったために垂れが異常に長くなるという、おかしな仕上がりになっていた。

いったい誰が、なぜ自分に浴衣を着せたのか。もとより、ここはどこなのか。わけがわからないながらも、着付けが気になる七海は手早く帯を解いて前合わせを正しく直した。

「そうだ、スーツケース……」

浴衣が身体にしっくりきたところで、スーツケースの存在を思い出して急ぎ歩み寄る。

広い場所に運ぼうと取っ手を握って持ち上げたが、中身が空っぽとしか思えないほどに軽く、怪訝な顔ですぐに床に下ろした。

その場でフタを開けてみると、やはりなにひとつ入っていない。すっからかんの状態だった。

「昨夜、着てたスーツはどこだ？　パスポートは？　財布も携帯も……」

パニック状態に陥った七海は、目についた戸棚に駆け寄り、勢いよく大きな扉を開けた。

「僕の服だ」

大きな扉がついた戸棚の中に、スーツケースに入れてきた衣類のすべてが、きちんとしまわれている。

スーツやシャツはハンガーにかけてポールに吊《つる》され、畳紙に包んできた和服はそのまま平らな棚に置かれていた。

しかし、スーツのポケットを探っても、入れていたはずのパスポートや財布は出てこない。ここがどこかわからないが、日本ではないことだけは確かだ。

そうなると、どうあってもパスポートだけは探し出さなければならない。

戸棚から離れた七海は、調度品の引き出しを片端から開けていく。

「あった！」

小さな引き出しの中に、ようやくパスポートと財布、そして携帯電話を見つけた七海は、自分のものであることを確認すると、大きな安堵のため息をもらした。

「よかったぁ……」

手にしたパスポートを胸に抱いたとき、ドアを軽くノックする音が響き、ギクッとした七海は肩を窄める。

誰が現れるのかわからないこともあり、なにより大切なパスポート、財布、携帯電話を浴衣の袂《たもと》に入れ、ドアを振り返りつつ後ろ手に引き出しを閉めた。

「失礼いたします」

開くとともに丁寧な英語が聞こえ、アラブの民族衣装を纏った男が入ってきた。

物静かな雰囲気で、知的な顔には友好的な笑みが浮かんでいるが、彼の衣装を見た瞬間、昨晩の記憶が鮮明に蘇《よみがえ》った七海は、にわかに苛立ち唇を噛みしめた。

「ナナミさま、私はサーリム殿下に仕えております、アフムード・ナサブ・ハリーファと申します。どうぞ、気兼ねなくアフムードとお呼びください」

サーリムと同じくらいナチュラルな英語で自ら名乗ったアフムードが、ゆったりとした足取りで歩み寄ってくる。

歳のころはサーリムと同じくらいだろうか。黒い刺繍が施された衣装は、サーリムのものと比べて地味な印象がある。

目の前に立ったアフムードは恭しく頭を下げると、当然のように片手を差し出してきたが、不信感でいっぱいになっている七海はそれを無視して声高に訊ねた。

「ここはどこですか？　なぜ僕はここにいるんですか？」

控えめに苦笑いを浮かべて手を引っ込めたアフムードは、笑顔をつくり直して見返してくる。

「シャラフ王国の王宮内にあるサーリム殿下の宮でございます。ナナミさまは昨夜、サーリム殿下とご一緒にこちらにおいでになりました」

「僕の同意もなく勝手に連れてきたのか？」

寝耳に水の話に呆れ返った七海は乱暴に言い放ち、憮然とアフムードを見やった。

「よく眠っておられたとのことで……」

「だからって本人に一言もなく連れてくるなんて拉致《らち》と一緒じゃないか！　僕は今すぐロンドン

に戻る」

アフムードの言葉を遮って声を荒らげ、クルリと彼に背を向けスーツケースに歩み寄る。

（あんなことされたうえに、自分の国に連れてくるなんて、なにを考えているんだ）

サーリムに対する怒りが募ってきた。

酒に酔って自由が利かなくなっているのをいいことに、彼は淫らな行為に及んだ。

男に己自身を咥えられて達してしまったのは、屈辱以外のなにものでもない。

望みもしない行為を強いただけでも許し難いというのに、断りもなくロンドンを連れ出すなどとうてい正気とは思えない。

サーリムから酒を飲もうと誘われたときに、断らなかったのが間違いだった。真っ直ぐ自分の部屋に戻ればよかったと、今になって後悔する。

しかし、あのときは彼とさまざまな話をしたことで親近感を覚え、もう少し話がしたくなってしまったのだ。

最初は金持ちの暇つぶしでホテルを経営していると思っていたが、実はしっかりした経営理念を持ち、事業を展開していることを知った。

それだけでなく、歳の離れたサミーラの幸せを心から願う優しい兄であることや、海堂から教えられた茶道に強い興味を示していることなどもわかった。

自らのことを饒舌《じょうぜつ》に語りながらも、こちらの話には真摯《しんし》に耳を傾けてくれる彼に心を許し、本性を見抜けなかった自分が愚かに思えてならない。

(二度と顔も見たくない)

勝手な真似をするにもほどがあり、常識の欠片《かけら》もないサーリムに怒り心頭だった。

「ナナミさま、申し訳ありませんが、サーリム殿下よりナナミさまを部屋から出さぬよう命じられております」

スーツケースの前にしゃがみ込んでいた七海は、聞き捨てならない言葉を発したアフムードを険しい顔で振り返る。

「どういうことだよ?」

「サーリム殿下が執務が終えてお戻りになるまで、こちらの部屋でお待ちください。あちらのベルを鳴らしていただければ、メイドがご用命を承りに参ります」

アフムードは問いに答えることなく、畳みかけるように言うだけ言うと、一礼して踵《きびす》を返しドアに向かった。

「ちょっと、待てよ……」

ひとり残された七海は慌てて追いかけたが、アフムードは足を止めることなくドアを開けて廊下に出てしまう。

「待てってば」

閉まりかけたドアを摑み、彼のあとを追って部屋を出ようとすると、二人の大きな男が前に立ちはだかり、有無を言わさず押し戻された。

「なっ……」

カッとなった七海はすぐに抵抗しようとしたが、彼らが携えている銃に手をかけるのを目にして怯む。

「わかったよ」

ここで撃ち殺されたのではたまらないと、ふてくされ気味に言い返し、すごすごと部屋に入ってドアを閉めた。

「くそっ」

口汚く吐き捨てた七海はすぐさま扉を開け放したままの戸棚まで行き、その場で浴衣を脱ぎ始める。

大人しくここに留まる気は毛頭ない。サーリムの好きにはさせない。絶対、言いなりになどなりたくなかった。

Tシャツと穿《は》き慣れたジーンズに着替え、用意してきたスリッポンに素足を突っ込む。なにより大事なパスポートと財布を尻《しり》ポケットに入れ、続けて携帯電話を手に取った。

「そうか……」

海堂に連絡しておくべきだろうと、携帯電話の電源を入れる。

「ダメなのか？」

世界の主要都市で通信が可能なはずの携帯電話が、ここでは圏外と表示されてしまう。

ふと気がついて青空が覗く窓まで歩み寄り、携帯電話を持った手を外に出してみる。

しかし、圏外の表示は消えることなく、屋外でも通信不能と知った七海は激しく落胆した。

「電話の一本もできないのか……」

救いを求める手段がないに等しい状態を嘆いたが、だからといってここにはいたくない。

とにかく逃げ出す方法を考えるしかないと、携帯電話をポケットに突っ込み、窓の外に身を乗り出してあたりを眺めた。

ドアの外に見張りがいる以上、他の場所から部屋を出るしかない。とはいえ、それが可能なのはこの窓くらいのものだ。

「この高さなら大丈夫かな？」

身を乗り出したまま地面との距離を目測する。

どうやらこの部屋は二階にあるようだ。眼下は地面だが、一面が柔らかそうな白い砂に覆われている。

少し迫《せ》り出している階下の庇《ひさし》まで伝い降りることができれば、砂の上にどうにか無事に着地できそうだった。

「よしっ」

サーリムのもとから逃げたい一心の七海に迷いはなかった。

窓枠に上がり、後ろ向きになってソロリと足を下ろしていく。

両手で窓枠を掴み、真っ直ぐに身体を伸ばす。全体重を支える指先が震え、ツルッとした大理石を摑んでいるのが辛くなる。

「頑張れ、あと少しだ」

自らを鼓舞し、階下の庇を目視しながらそっと手を離した。

「うわっ」

庇に足が着いた瞬間、身体が大きく揺らぎ、慌てて壁に手をつく。

そのまま壁にへばりついて動悸《どうき》が収まるのを待ち、大きく深呼吸をしてからさらなる下に目を向ける。

日本家屋と違い、一階の庇の上といってもかなりの高さがある。ひとつ間違えばどこかを骨折しかねない。

しかし、ここまで来てしまったからにはもう部屋に戻ることはできず、潔く飛び降りるしかなかった。

「大丈夫、あの砂は絶対に柔らかいはずだ。力を抜いて着地すれば怪我《けが》なんかしない」

そう言い聞かせるが、手も足も震えている。

茶道の稽古に精を出すばかりで、身体を鍛えることを二の次にしてきただけに、体力も運動神経も人並み程度でしかない。

いくら自分を奮い立たせても、意を決するのは思った以上に容易ではなかった。

「ここで諦めたら、またあの男の慰み者にされるだけだ」

二度と辱《はずかし》めを受けたくない。ただそれだけの思いで心を決めた七海は大きく息を吸い込み、両手を固く握り締めて庇から飛び降りる。

「えいっ」

目を閉じて身体を縮こまらせてから数秒、ボスッという鈍い音とともに軽い衝撃を受けた。

あっという間の出来事に恐怖を感じる暇もなく、気がつけば白い砂に埋もれていた七海は、大きくひとつ息を吐き出す。

「はぁ」

念のため手足を動かしてみるが、どこにも痛みは走らなかった。

しかし、これで安堵してはいられない。目的は部屋から出ることではなく、この王宮から逃げ出すことなのだ。

立ち上がって身体についた砂を両手で払い、パスポートや財布がポケットに入っているかを確認する。

王宮から逃げ出すとはいえ、どういった造りになっているのかさっぱりわからない。

かなり先に見える高い塀が、グルリと王宮を囲っていることは想像がつく。

塀はとても乗り越えられるような高さではなく、試すことすら無駄に思えた。

王宮そのものの広さの見当がつかない七海は、とりあえず自分の勘を頼りに進む方向を決め、建物に沿ってしばらく歩いた。

「どこまで続いてるんだよ……」

いっこうに切れ目が見えてこない建物に愚痴を零《こぼ》しつつも、前に進むしかないと足を動かす。

部屋の中とは違い、直射日光が照りつける屋外は想像以上に気温が高い。

ジリジリと焼けつくような暑さに、剝《む》き出しになっている顔や腕に汗が滲《にじ》み出してきた。

大理石で造られている王宮に、頭上で輝く太陽が反射し、よけいに暑く感じられる。

出口を見つける前に体力の限界に達してしまうのではと思い始めたとき、ようやく角が見えてきた。

身を隠すようにして角から顔を覗かせてみると、青々と葉が茂ったたくさんの植物が目に飛び込んできた。

吹き抜ける風にそよぐ葉や、たっぷりと落ちている影がとても涼しげに見える。

炎天下を歩き続けて疲れた七海は休憩を取りたくなり、目を凝らして人がいないかどうかを確かめた。

「王宮って思ったより人が少ないんだな」

しばらく観察したが、まったく人の気配がない。

「もしかして、昼寝の時間とか？」

近くまで行っても大丈夫だろうと判断し、ひとりつぶやきながらソロリソロリと足を進める。

身を隠す場所はどこにもなく、ここで誰かが現れたとしたらすぐに見つかってしまうだろう。

しかし、王宮はまるで寝静まっているかのように、話し声のひとつも聞こえてこない。

あたりの様子を注意深く窺いながら、オアシスにも似た一画をひたすら目指す。

間もなくして、風に揺れる葉の音、さらには、せせらぎの音が聞こえてきた。

「水だ」

喉がカラカラに渇いている七海は、思わず顔を綻ばせて足を速める。

「すごい……」

目の前に開けた光景は、まさしくオアシスそのものだった。

中央に噴水を設けた泉を囲むように、天高く伸びた椰子《やし》の木が大きな葉を惜しげもなく広げ、数えきれないほど植えられていた。

見るからに涼しげで、身体の熱がスーッと引いていく。

照りつける太陽から逃れられると思っただけで嬉しくなり、つい我を忘れて走り出した。

「止まれー！」

泉まであと数歩というところで大きな声が響き渡り、ギクリとした七海はその場に足を止めて振り返る。

「しまった」

銃を肩にかけた数人の男たちが、こちらに向かって走ってくるのが見えた。

部屋を抜け出したことがばれたのだろう。

ここで捕まったのでは元も子もない。

七海は男たちの手から逃れるため、全速力で駆け出した。

「どっちへ行けばいいんだ」

さんざん歩いたあとのせいか、すぐに息が上がる。

しかも、砂が敷き詰められているため、土の上を走る以上に早く体力を奪われていく。

それでも立ち止まるわけにはいかず、身を潜められそうな場所を求めてひたすら走った。

「どっか隠れるところはないのか？」

どうにも息が続かなくなり、ついに音を上げた七海は、壁に手をついて足を止める。

膝がガクガクして力が入らない。今にもへたり込みそうなほど疲れきっていた。

「隠れなきゃ……」

迫り来る男たちの足音に、壁に手をついたままなけなしの力を振り絞って歩き出すが、何歩か進んだところで足の動きが止まる。

ズルズルと壁伝いに頽《くずお》れたとたん、駆けつけた男たちに取り囲まれ、銃口を突きつけられた。

「はぁ……」

抗う気力の欠片も残っていない七海は、理解できないアラビア語で口々になにかを言う男たちをぼんやりと見上げていた。

第五章

武装した男たちによって捕らえられ、サーリムの部屋へと連れてこられた七海は、弱みを見せまいと疲れきっている身体に鞭《むち》打ち、背筋をシャンと伸ばして立っている。

目の前では、昨日と同じく民族衣装を纏ったサーリムが、金の装飾が施された大きな椅子にどっかりと腰かけ、脚を組んで背もたれに寄りかかっていた。

「私が戻るまで、部屋で大人しく待っているように伝えたはずだが？」

逃げ出したことがさぞかし気に入らないのだろう、彼が射るような視線を向けてくる。

しかし、同意なくシャラフ王国に連れてこられた七海には、サーリムから怒りをぶつけられるいわれはなく、銃を携えた屈強な男に挟まれていながらも果敢に言い返した。

「あんたの命令など聞く気はないし、ここに留まるつもりもない！　早くロンドンに戻りたいだけだ」

七海が怒鳴り散らすと、サーリムの背後に控えているアフムードが、大男たちになにやら目配せをした。

「なんだよ！　離せよ！」

いきなり男たちに両腕を押さえ込まれた七海は、叫びながらジタバタする。

サーリムに対して無礼を働く者は、たとえ客人であっても許さないのだろう。

アフムードの目配せひとつで即座に動いた男たちに、少なからず恐怖を感じる。

「よいから、離してやれ」

鼻で笑ったサーリムがあごを軽くしゃくると、力尽《ず》くで動きを封じ込めていた男たちがサッと七海から離れた。

「野蛮人」

吐き捨てた七海は、わずかな痛みを感じる腕を大げさにさする。

「ナナミ、よく聞け」

椅子から立ち上がったサーリムが、不敵な笑みを浮かべて歩み寄ってきた。

目の前で足を止めた彼を、ナナミは臆《おく》することなく見上げ、そして睨みつける。

命令口調も、尊大な態度も、なにもかもが気に入らない。彼に対する怒りは大きくなるいっぽうだ。

「あんたの言うことなど聞くものか」

声を張り上げると、手を伸ばしてきた彼にあごを摑まれた。

強引に顔を上向かされ、腹立ちが募った七海は荒っぽく彼の手を払いのける。

「よい」

瞬時に動きを見せた男たちをサーリムはひと声で制すると、改めて片手で七海のあごを捕らえてきた。

彼の手を払いのけたかったが、両脇に立つ男たちから感じる殺気に、抗いは身のためにならない気がして諦める。

「ナナミ、これよりそなたは私のものだ」

「はぁ？」

あまりにも馬鹿《ばか》げた宣言に、怒りより呆れが勝った七海は、ポカンと口を開けて彼を見返す。

「美しく気高いそなたを気に入った。妻として娶《めと》り、生涯、そなたを愛すると誓おう」

いきなりの告白に、今度は笑いが込み上げてきた。

アラブ人が惚《ほ》れっぽいとは噂に聞いたが、これほどまでとは思っていなかった。

サーリムと会ったのは昨日のことだ。一緒に過ごした時間もたかが知れている。

それなのに平気で愛を口にする彼が信じられない。ましてや自分は男なのだ。妻として愛すると言われて喜ぶわけがなかった。

「冗談も大概にしろよ！　気に入ったかなにか知らないが、あんたに好かれるのは迷惑でしかないし、妻になるのなんかごめんだね」

話にならないと喚《わめ》き散らし、サーリムを一瞥《いちべつ》してそっぽを向く。

「私に逆らっても、なにもいいことはないと思うが？」

そう言った彼に、無理やり顔を正面に戻される。

地位と莫大《ばくだい》な金を生まれながらにして持っていた彼は、望むもののすべてを手に入れてきたのだろう。

誰もが自分にひれ伏し、傅《かしず》くと信じて疑っていないのが、彼の傲慢《ごうまん》な言葉や態度の端々に表れている。

しかし、七海は彼の周りにいる人間とは違う。世の中には思い通りにならないこともあるのだと、それを教えてやりたくなった。

「男なのに妻にするとか言われて、黙っていられるわけがないだろ！　みんながみんな、あんたの言うことを聞くと思うな！」

きっぱりと言い放ち、最後にフンと鼻を鳴らすと、サーリムが急に顔つきを厳しくした。

「言うことを聞かなければ地下牢《ろう》に入れるぞ」

「勝手にすればいい」

脅かしになど屈するものかと強気の態度で言い返すや否や、スッと片眉を引き上げた彼が指をパチンと鳴らした。

と同時に、脇に控えていた大男たちに両腕を捕らえられ、七海は抗うこともできないまま部屋から引きずり出される。

「しばらく地下牢で反省するんだな」

背中越しにサーリムの不機嫌な声が聞こえてきた。

「あんたの言いなりになんか絶対になるものか」

不自由な体勢の中、首を捻《ひね》り、大声で言い返したが、厚いドアが閉まったあとでは彼の耳に届いたかどうかもわからない。

「×××△△△××××」

男のひとりが厳しい口調でなにか言ってきたが、七海はアラビア語が理解できない。

眉根を寄せて首を傾げてみせると、腕を抱え込んだ男にグイッと引っ張られた。

どうやら大人しく歩けということらしい。

乱暴な扱いに腹が立つうえ、言葉が通じない苛立ちに、叫びたい気分になってくる。

しかし、ここで叫んで暴れたところで誰も助けには来てくれないだろう。そればかりか、よりひどい扱いを受けかねない。

無事に逃げ出すためには、今は大人しくしているのが得策だろうと、七海は大股で歩く男たちに必死で歩みを合わせる。

長い廊下をしばらく進み、地下へと続く階段を彼らについて下りていくと、いきなり冷たい空気に包まれた。

壁と天井に囲まれた地下の廊下には、数メートルおきに松明《たいまつ》が灯《とも》されているが、それでもかなり暗い。

もし灯火が消えてしまったら、ここが真っ暗闇《やみ》になってしまうのは違いなかった。

地下牢にも松明くらいは用意されているのだろうかと、七海はにわかに不安になってくる。

薄暗い地下の廊下をさらに進むと、前方に鉄格子が見えてきた。

男のひとりが先を歩き、鉄格子の扉を開ける。

「×××××」

腕を摑んでいる男がなにやら短く言うと、牢屋の中へと乱暴に押し込んできた。

前のめりになって進んだ七海の背後で、ガチャンと扉が閉まる音がする。

背筋が寒くなるような音に慌てて振り返り、両手で鉄格子を摑む。

「待って……」

ひとりになることに恐怖を感じた七海は必死で呼び止めようとしたが、閂《かんぬき》をかけて鍵《かぎ》を閉めた男たちは耳を貸すことなく背を向けて歩き出した。

「ちょっと待ってくれ！　行かないでくれ！」

大声をあげても男たちは振り返ることなく、遠ざかっていく二人の後ろ姿を呆然と見つめる。

小さな松明がひとつ灯っているだけの牢に、ひとりぼっちになってしまった。

たとえ言葉が通じなくても、あの男たちが見張り役として残っていてくれたら、どれほど気が休まったか知れない。

冷たい石に囲まれた薄暗く寒い牢で、正気を保っていられるだろうか。それより、サーリムはここから出してくれるつもりがあるのだろうかと、恐怖や不安に押しつぶされそうになる。

「大丈夫だ、絶対に逃げ出すチャンスはある」

気をしっかり持てと自らに言い聞かせた七海は、鉄格子から手を離して振り返り、松明の灯火に浮かび上がる牢屋の中を眺めた。

十畳ほどの広さがあり、床、壁、天井のすべてが石で造られている。

床には敷物のひとつもなく、壁際にようやく寝そべることができる長さのベンチがあった。しかし、これも石で造られているため、寝心地はかなり悪そうだ。

明かりは片手で容易《たやす》く持てる小さな松明が、壁に取りつけたホルダーに挿してあるだけで、どれくらいの時間、灯っているのかわからない。

明かり取りの窓ひとつないここに、長いあいだひとりでいたら、きっと時間の感覚を失ってしまうだろう。

「あっ……」

携帯電話を持っていることを思い出し、ポケットから取り出して開く。

「まだ三時かぁ」

時間を確認してため息をもらしたものの、バッテリーの残量を目にして愕然《がくぜん》とする。

目盛りは残りあとひとつだ。なにもしないでいても、電源を入れたままにしていれば間もなくバッテリー切れを起こす。

この国では携帯電話が使えないようだが、いざというときにバッテリーが切れていたのではなんの役にも立たない。

時間の確認ができないのは辛いが、七海はしかたなく携帯電話の電源を切った。

「僕がなにをしたっていうんだよ……」

海堂を説得するためにロンドンを訪れただけなのに、知らぬ間に初対面の男に拉致され、地下牢に入れられたのだから嘆かずにいられない。

「妻として娶るとか言って、頭がおかしいんじゃないのか？」

サーリムに対する怒りが再び湧き上がってきた七海は、ブツブツ言いながらベンチに腰を下ろして壁に寄りかかった。

「ひゃっ……」

Tシャツ越しに伝わってきた冷たさに驚き、慌てて壁から背中を離す。

灼熱《しゃくねつ》の国の真っ昼間だというのに、石の壁は冷えきっている。

ただでさえこの地域は朝晩の寒暖の差が激しいというのに、昼間からこの冷え込みようでは夜が思いやられた。

「気に入ったとか、愛するとか言っておきながら、よくこんな扱いができるよな！　毛布の一枚も用意しとけよ！」

苛立ち紛れに吐き捨て、腰を上げた七海は両手でしきりに尻をさする。

石のベンチは硬くて座り心地が悪いだけでなく、ひしひしと冷たさが伝わってきた。

座っていることすらままならず、身体を温めるために牢の中を行ったり来たりした。

後継者の海堂ほどではないが、七海も日本ではそれなりに名が知られている。

不知火流宗家の直系であり、茶道界のイケメン師範として幾度となくメディアに取り上げられてきた。

アラブの王子に拉致され、地下牢に閉じ込められているとメディアが知れば、ちょっとした騒ぎになるだろう。

しかし、この事実は昨日、顔を合わせた海堂すら知らない可能性が高い。

ようするに、人知れず拉致された自分は、ここにいるかぎり誰も助けには来てくれないということだ。

七海は自分ひとりの力で逃げ出すしかない状況にある。

王宮がシャラフ王国のどのあたりに建てられているのかさえ知らないが、とにかくここを出なければ先へ進めない。

「そうか、定期的に見回りに来るかもしれない。そのときを狙《ねら》えば……」

どんなわずかなチャンスも見逃さない。

絶対にここを逃げ出す。

そう心に強く誓った七海は、いざというときすぐ動けるようにと、狭い牢の中を歩き回りながら両腕を動かし始めた。

第六章

朝食の席でアフムードから牢に入れた七海の報告を受けたサーリムは、従者を伴うことなくひとり地下に向かっていた。

同意を得ることなくロンドンから自国に連れてきたのは確かであり、怒るだろうことは想像できたが、ちょっと目を離した隙《すき》に逃亡を図るとは考えてもいなかった。

先に話を聞けばいいものを、それをすることなく逃げ出したあげく、愛の告白すら一笑に付してきた彼にはさすがに腹が立った。

シャラフ王国の王子である自分の愛を拒むものなど、これまで誰ひとりとしていない。

昨日は怒りに駆られて地下牢に入れたが、一夜明けても七海を憎むには至っていない。

愛されることを喜ばず、罵声《ばせい》を浴びせかけてくるような輩《やから》は、本来、切って捨てるところだが、彼の場合は違った。

自分を恐れないばかりか、怯むことなく果敢に言い返してきた七海に対して、より強い征服欲を抱いた。

どうあっても彼を自分だけのものにしたい。

自分なしでは生きていけないと思うようになるほど虜にしたい。

ハーレムの特別室に閉じ込め、日ごと夜ごと愛し尽くしたくてたまらなかった。

「少しも反省していないようだと言っていたが……」

アフムードによれば、七海は与えた食事こそきれいに平らげたが、相変わらず反抗的な態度を取っているという。

暗く冷たい地下牢で夜を明かしたにもかかわらず、気丈でいられる彼の精神力には感服する。

「顔を合わせたときの開口一番が楽しみだ」

鉄格子が見えてきたところでふと頬を緩めたサーリムは、長いソーブの裾を翻しながら、わざと大きな足音が立つように大股で牢に向かう。

間もなくして、松明の灯火の中に七海の姿が浮かび上がってくる。

七海は牢の中央に正座し、真っ直ぐにこちらを見据えていた。

無言のまま立ち進んで鉄格子の前で足を止めると、彼はその場でグッと唇を嚙み、両手を握りしめた。

鉄格子を挟んでしばらく顔を見合わせていたが、七海はこちらの出方を窺っているのか口を開こうとしない。

彼が最初に発する言葉を楽しみにしているサーリムは無言を貫き、手にしている鍵の束をわざとらしく鳴らした。

優位な立場にあるのはこちらであり、牢で一夜を明かした人間ならば、許してくれと泣きついてくるのが普通だろう。

しかし、七海は気の強い男だ。泣き言ひとつ口にしないかもしれない。現に彼は見据えてきたまま、いっこうに目を逸《そ》らさないでいた。

恐れも怯えもしないその気丈さに、ますます惹かれていく。

これほどまでに自分を魅了してくる男は初めてだ。

彼を虜にするどころか、こちらがすっかり虜になっている。

唇をキリッと結んだ七海を見つめつつ、サーリムはこの根比べを楽しんでいた。

果てしなく続く長い沈黙が耐えきれなくなったのか、ついに七海が口を開いた。

「ここから出せよ。拉致して牢屋に閉じ込めるなんて犯罪だぞ」

クッとあごを上げて言い放った彼が、怒りに満ちた瞳を向けてくる。

「反省の欠片もないいか」

「なんで反省する必要があるんだよ？　僕はなにも悪いことなんかしてないんだぞ」

声を荒らげた七海の勝ち気さに、内心、ほくそ笑みながら牢の鍵を開けたサーリムは、閂を引き抜いて鉄格子の扉を開けた。

飛び出してくるかもしれないと警戒し、牢に入って後ろ手に扉を閉めたが、彼はこちらを見据えたまま微動だにしない。

しかし、彼は逃げ出そうとしない代わりに、サーリムが歩み寄ると同時に片手をサッと振りかざした。

避ける間もなく平手打ちを食らったサーリムの顔が反動で横を向き、しなやかな絹のゴトラが舞い上がる。

「っつ……」

焼けるような痛みを感じて咄嗟に頬を押さえたが、怒りは湧いてこなかった。

間近で目にした彼の美しい黒い瞳に涙の跡を見たのだ。

どれほど気丈であっても、彼にとってこの牢での一夜は寂しく不安なものだったのだろう。

それを悟られまいとして、彼は強がってみせたに過ぎないのだ。

許しを請うでも、救いを求めるでもなく、強気の言葉を口にしてきた彼が愛しく思えてならなかった。

「私は愛するそなたに辛い思いをさせたいわけではない。大人しく言うことを聞くと誓うのなら今すぐここから出してやろう」

静かな口調で話しかけると、七海の嚙みしめる唇がかすかに震え始めた。

泣き濡れて一夜を明かしたであろう彼が、この期に及んでまで強気の態度を貫くとはとうてい思えない。

牢から出してもらうためならば、今の彼はどんな条件であろうとも呑むような気がする。

案の定、しばらく迷いも露わな顔でこちらを見つめたあと、ようやく心が決まったのか、彼が無言でコクリとうなずき返してきた。

「これからは私に服従すると、言葉にして誓え」

あえて確約を求めると、七海は唇を嚙みしめたままこちらをジッと見つめてきたが、それもほんの一時のことだ。

「あなたに従います」

「よかろう。ついてくるがいい」

サーリムはそう言い残し、先に牢を出る。

もう一秒たりとも牢にはいたくないとばかりに飛び出してきた七海が、数歩の距離を保ってあとをついてくる。

その場に足を止めて振り返ると、並んで歩くつもりがないのか彼も同時に足を止めた。

「こちらへ」

命じられてようやく隣に来た彼の肩を、サーリムは片腕に抱き寄せる。

瞬間、彼は身体を強《こわ》ばらせたが、かまわずそのまま歩き出す。

ともに無言のまま廊下を進み、階段を上っていく。

上り終えるとともに明るさに包まれ、長いあいだ薄暗がりにいた七海が眩《まぶ》しげに目を細めた。

明るい場所であらためて彼を見てみると、髪も服もかなり埃《ほこり》っぽい。

彼が一昨日から身体を洗っていないことに気づき、先に浴場へ連れて行くことにする。

広々とした浴場に足を踏み入れると、ベールで顔を覆った女官が音もなく現れた。

七海は怪訝そうな顔で見上げてきたが、サーリムは少し離れた場所で視線を落としている女官にアラビア語で湯浴《あ》みを命じる。

一礼した女官が支度のために下がるのを見届けてから、改めて七海に向き直った。

「あの……」

彼は相変わらず訝《いぶか》しげな顔をしている。

「湯浴みをして着替えるといい」

そう言って彼の肩を叩き、浴場をあとにする。

入れ違いに戻ってきた女官に、湯浴みのあと七海を寝室に案内するよう伝えた。

目の前で誓いを立てたとはいえ、再び逃げ出そうとする可能性はある。

しかし、衛兵に守られている王宮の外に、ひとりで出て行くことはそう容易くはない。

ましてや、ロンドンに戻るにしろ、日本に帰るにしろ、まずは空港に向かわなければならないのだ。

彼はシャラフ王国を訪れるのは初めてであり、右も左もわからない状態で空港に辿《たど》り着けるわけがなかった。

「これからが楽しみだ」

七海を手に入れたも同然のサーリムは、ようやくこの手に彼を抱ける悦《よろこ》びを噛みしめながら、ゆったりとした足取りで寝室を目指した。

第七章

風呂を上がった七海は、純白の絹で仕立てられた長い衣に着替えた。

辿々《たどたど》しい英語を話す女官が、民族衣装の名称と着方を教えてくれたが、ソーブを着ただけでゴトラは被らなかった。

汚れた服を再び着るのが嫌でソーブを身につけたが、無理やり連れてこられた国の衣装に身を包むこと自体が腹立たしく、ゴトラを手に取らなかったのはせめてもの抵抗だった。

下着もなく、ストンとした丈の長いソーブはすかすかして心もとないが、埃まみれになってしまった自分の服よりはましだろうと我慢した。

そうして、とりあえず身支度を整えた七海は、女官に案内されるままサーリムが待つ寝室へとやってきた。

広々とした浴場で埃にまみれた身体を洗い流し、真新しい服に着替えてさっぱりしたが、気分は鬱々《うつうつ》としている。

地下牢にひとり残された昨晩の七海は、逃げ出す手段を考えることに集中していたが、それもあまり長くは続かなかった。

寒さのせいで思考がまとまらないだけでなく、最悪の事態ばかりが頭に浮かび、かつて味わったことがない恐怖に身体が震え始めた。

居ても立ってもいられず、必死に別のことを考えようとするが、恐怖はいっこうに収まることなく、震える身体を自ら抱きしめながら泣き濡れた。

最後に泣いたのはいつだろうかと記憶を辿らなければわからないくらい、もう何年も涙を流していなかった。

それなのに、押し寄せてくる不安に自然と流れた涙はとめどなく溢れ続け、終《しま》いには床に頽れて鳴咽《おえつ》していた。

人の気配はもちろんのこと、物音ひとつしない寒くて薄暗い石に囲まれた牢は、憎い男に服従を誓うことを厭《いと》わなくなるほど、七海を精神的に参らせたのだ。

「さっぱりしたか？」

たった一夜にして刃向かう気力を失い、力なく項垂《うなだ》れて立っている七海は、長椅子に優雅に脚を組んで腰かけているサーリムの言葉にそろそろと視線を上げる。

「返事はどうした？」

彼の不機嫌な声に、しかたなく小さな声で「はい」と答えた。

「誓いの言葉は覚えているか？」

さらなる問いかけにも、七海は小さな声で「はい」と返す。

すると長椅子からゆっくりと立ち上がったサーリムが、静かに歩み寄ってきた。

「男を相手にしたことがあるか？」

指先であごを捕らえられ、クイッと顔を上向かされる。

彼の問いに激しく動揺した七海は、怯えた瞳を向けつつ首を横に振った。

やはり目的は自分の身体だったのか。ホテルの部屋での辱めは序章にすぎず、これから彼によって好き勝手に弄ばれるのだ。

考えるだけで悪寒が走り、冷たい汗が背筋をツッと流れ落ちる。

「女を抱いたことは？」

続けざまに質問してきた彼に瞳を覗き込まれた七海は、即座に視線を逸らして唇を噛んだ。

肯定しないのは経験がないと認めたも同じだ。

馬鹿正直な反応をしてしまったことを悔やむが、後の祭りでしかない。

「そなた、無垢《むく》なのか……」

セックスの経験がないと知っても、サーリムは嘲《あざけ》ることなく嬉しそうに微笑んだ。

しかし、二十五歳にしてまだ童貞の七海は、恥ずかしさでいっぱいになる。

好きこのんで貞操を守ってきたわけではない。今日まで、それなりに女性とは交際してきた。

それにもかかわらず機会を逃してきたのは、好きでつきあっているはずの相手に対して、我慢できないほどの性欲が湧いてこなかったからだった。

そうして、いつか心から欲しくなる女性に出会うだろうと思っているうちに、ここまで来てしまっていた。

「これほど嬉しいことはない。優しく扱ってやらねばな」

顔を綻ばせたまま屈《かが》み込んだサーリムに、軽々と抱き上げられる。

驚きに目を丸くした七海は、彼が天蓋付きの豪奢なベッドに向かって歩き出すと、さすがに慌てた。

「いやだ……」

いくら服従を誓ったとはいえ、男にこの身を許したくない。

「下ろせよ、あんたなんかに……」

サーリムの腕の中でじたばたともがいたが、抵抗などものともしない彼に、七海はベッドの上に放り出される。

クッションが利いた柔らかなベッドの上で細い身体が軽く弾み、そして深く沈み込む。

「誓いを忘れるな」

ベッド脇に立って一喝してきたサーリムが、ゴトラを外し、ローブを脱ぎ捨てる。

これから始まることに対する恐怖から、身体が硬直して動きが取れなくなった七海は、ゴクリと喉を鳴らして彼を凝視した。

「怖がることはない、セックスは楽しむものだ。素直に身を任せれば、蕩けるほどの快楽を味わえる」

腰かけたまま手を伸ばしてきた彼が、ソープの上で手を滑らせる。

薄くしなやかな絹越しに触れてくる手が、まるで直《じか》に肌を撫でているように感じられ、七海は眉根を寄せて顔を背けた。

どうして自分がこんな目に遭わなければならないのか、さっぱり理解できない。

生まれて初めてのセックスの相手が、好きでもない男であっていいわけがない。

震え上がっている場合ではない。一刻も早く彼の手から逃れなければ手遅れになる。

「僕に触るな！」

自らを奮い立たせて声を張り上げ、荒っぽくサーリムの手を払いのけた七海は、力を振り絞って身体を起こす。

「誓いを立てておきながら逆らうのか？」

叩かれた自分の手をチラッと見た彼が、その手を再び胸に押し当ててきた。

「なっ……」

冷ややかな視線を向けてくる彼に力任せに押さえつけられ、七海の身体がベッドに沈み込む。

「愛の営みがどんなものかを知らないから怖いのだろう？　ひとつずつ教えてやるから大人しくしていろ」

大きな手のひらをグッと胸に押しつけてきたまま、彼がベッド脇に置かれているテーブルに手を伸ばす。

いったいなにをする気なのかと、不安に駆られた七海は彼の動きを目で追う。

テーブルの上には洒落《しゃれ》たランプと、色鮮やかな宝石が散りばめられた小瓶が幾つも並べられている。

彼はそれらの中からひときわ美しい色合いの小瓶を摘《つま》み上げると、再び顔を向けてきた。

「セックスを楽しむ方法は数えきれないほどある。徐々に教えてやるつもりだが、まずは快楽がどんなものかを覚えたほうがいいだろう」

こちらを真っ直ぐに見つめながら、片手で先の尖《とが》った小瓶のフタを開けたサーリムは、ベッドの上に上がってくると片脚で七海を押さえ込んできた。

動きを封じられるまでもなく、瓶の中身がなにかもわからない恐怖に身体が強ばっている七海は、怯えた瞳をただ彼に向けるだけだ。

「怖がるなと言っているだろう」

甘い声音で囁いた彼に、指先で唇をスッと撫でられる。

「あっ」

こそばゆい感覚に思わず声をあげると、唇の隙間にサーリムが小瓶の中身をポタポタと垂らしてきた。

七海は咄嗟に唇を閉じたが、仄《ほの》かに甘い液体は吐き出す前に喉の奥へと流れてしまった。

「即効性のある媚薬《びやく》だ、あっという間に効き目が現れる」

媚薬と聞いてにわかに慌て、楽しげな顔をしている彼を驚愕《きょうがく》の面持ちで見上げる。

媚薬など実際に見たこともなければ使ったこともない。しかし、それにどういった効能があるのかくらいは知っていた。

意思とは裏腹に、淫らに欲情する己の身体を想像し、恐怖に顔から血の気が引いていく。

「いやだ……こんなの……」

叫んだつもりだが、震える唇から発した声は掠《かす》れて消えた。

「そろそろ身体が火照ってきたのではないか？」

彼の一言に、七海は意識が己の身体に向かう。

確かに喉のあたりから熱が広がっている。かすかに指先も痺れているような気がした。

「こちらにも、たっぷり与えてやるぞ」

さらなる声に視線を向けると、彼にソーブの裾を腹まで捲《めく》り上げられていた。

抗う間もなく露わになった中心部分を握り取った彼が、小瓶の先を鈴口に押しつけてくる。

「やめろ……そんなこと……」

媚薬を己自身の中に注ごうとしていると知り、さすがに七海は激しく抵抗した。

淫らな薬が入った瓶を今すぐ取り上げなければと、必死に身体を起こして彼の腕を掴むが、その手はあっさりと払われてしまう。

「頼むからやめてくれ……なんでも言うことを聞くから……」

涙ながらの懇願も聞き入れられず、己の中に液体が注ぎ込まれる。

「いやだ――――っ」

「さあ、そなたのすべてを見せてくれ」

最後の抵抗とばかりにあげた叫びすら無視され、小瓶をテーブルに戻したサーリムに、ソープを一気に剝ぎ取られた。

一糸纏わぬ己の身体に熱い視線を感じ、七海は慌てて寝返りを打ったが、残念なことにそれは彼にとって都合のよい体勢になってしまった。

「ああ、こちらを忘れていた」

小さな笑い声をもらしたサーリムが、再びテーブルから取り上げた小瓶を、躊躇うことなく尻の間に差し入れてきた。

「ひゃっ」

自分ですら触れたことがない場所にいきなり異物を差し込まれ、衝撃を受けた七海は尻を振って逃げ惑う。

しかし、その動きによって己自身がシーツに擦《こす》れ、得も言われぬ快感が股間《こかん》に湧き上がった。

快感に打ち震えた身体が、さらなる快感を求めて勝手に動く。

無意識に目の前にある枕を両手で抱きしめ、軽く浮かせた腰を前後させて己自身をシーツに擦りつける。

「あぁぁ……」

自然にもれた甘ったるい声に、サーリムの笑いを含んだ声が重なった。

「こらこら、そんなことをしたらすぐに達してしまうぞ」

片手を腹の下に差し入れてきた彼に、熱を帯び始めた中心部分をギュッと摑まれる。

「やぁ……」

急激な痛みに我に返った七海は、彼の目の前ではしたない行為に及んだ己に気づき、顔を真っ赤に染めた。

快感を求めて自分から腰を振ったのは、彼が使った媚薬のせいだ。

まだ数分しか経《た》っていないというのに、淫らな薬の効き目が現れてきた。

この先、自分はいったいどうなってしまうのだろうかと、疼き始めた身体を制御できない七海は怯える。

「たっぷりと時間をかけて楽しまなければ意味がないではないか」

背中を押さえつけてきたサーリムが、秘孔に差し込んだ小瓶を揺すり出した。

快感を得たことで小瓶の存在を忘れていた七海は、尻をギュッと引き締めようとするが、まったく力が入らない。

どうやら媚薬の効き目が、瞬く間に身体の隅々にまで行き渡ってしまったようだ。

「んんっ」

抵抗する力すら失った七海は、液体が秘孔に注ぎ込まれる妙な感覚に顔を顰《しか》めることしかできなかった。

「さあ、これでそなたも苦痛を感じることなく快楽を味わえるだろう」

媚薬を使いきったサーリムが小瓶を床に放り投げ、七海の身体を仰向《あおむ》けにしてくる。

毛足の長い絨毯の上に音もなく落ちていった小瓶を、焦点が定まらなくなり始めた瞳で七海はジッと見つめた。

まるで悪酔いしたときのように、なにもかもが揺らいで見える。ぼやけ、滲んで、頭がクラクラした。

身体のそこかしこが火照っているだけでなく、中心部分がジリジリと焼けつくように熱い。

今すぐにでも手を伸ばして疼く己を激しく扱きたいが、力が抜けてしまっている腕は上げることすらできなかった。

「無垢なそなたに媚薬は強すぎたか？　もうこんなになっている」

仰向けに横たわる七海の脇に膝を立てて座ったサーリムが、硬く張り詰めて天を仰ぐ中心部分の先に指を押し当ててくる。

鈴口から溢れた媚薬に濡れたそこを、彼は指先でクルクルと撫でまわし、さらには裏筋に沿ってなぞっていく。

「あああぁ……あっ……んんんっ……」

自慰で得られる快感しか知らない七海は、彼によって与えられた強烈な快感に、下腹を波打たせながら身悶える。

意識がハッキリしているにもかかわらず、身体の自由を奪われているのが辛い。

男に触られて感じるなどあり得ないのに、よがってしまうのが悔しくてならない。

媚薬を使って自分を辱めるサーリムが、憎くてたまらなかった。

「そなたのここは、なんとも可愛い色と形をしているな」

熱い塊を弄んだ手を下腹から胸へと移した彼に、小さな突起をキュッと摘まれる。

「や……んっ」

痛みとも快感ともつかない甘さを伴う感覚に、喉の奥が鳴った。

手を動かすことすらできない七海は、妖《あや》しく身を捩るだけだ。

「初めてにしてはすこぶる反応がよいな」

ちょっとした刺激に硬く凝《しこ》った乳首を指先でクニクニと揉《も》まれると、まるで一本の糸で繋《つな》がっているかのように、股間のモノがグッと力を漲らせた。

硬く張り詰めたそこが、強い刺激を求めて激しく疼《うず》いている。

しかし、それを知ってか知らずか、サーリムは胸の突起ばかりを弄《いじ》り続けた。

「はっ……や……あああぁ……んっ……く……」

執拗に乳首を撫で回され、さらには引っ張ったり押しつぶされたりして、堪《こら》えきれない声が絶え間なく零れた。

女性とは異なり、男性の乳首はずっと無用の長物だと思っていた。それなのに、身悶えずにはいられないくらいに感じている。

乳首を弄られて感じている自分も、淫らな響きを持つ声をあげている自分も、七海には信じられなかったが、媚薬に支配されている身体は愛撫のひとつひとつに反応してしまう。

「いや……や……め……」

やめさせたいのに、言葉が喘ぎに掻き消される。

「ぷっくりと膨れてきたぞ」

弄られて過敏になっている乳首へ、彼がさらなる愛撫を加えてきた。

指の腹で強めに撫で回され、腰から足先までが痙攣《けいれん》する。

灼熱の塊と化した己自身から、蜜がトプトプと溢れ出すのがわかった。

卑劣な真似をされて怒りを覚えているはずなのに、意思とは裏腹に硬く張り詰めたそこは触ってほしくてウズウズしている。

手早く扱いてもらえれば、すぐにも達せるところまで追い込まれている七海は、嬲《なぶ》られていながら愛撫を望んで腰をくねらせた。

「いやらしく腰を振って、私を誘っているのか？」

尖った乳首を捏《こ》ねくりながら、サーリムが股間で揺れ動く中心部分へと視線を移す。

しかし、彼はひとしきりそこを見つめただけで、視線をこちらの顔に戻してくる。

わざと触らないでいるのだと気づいた七海は、いいように弄ばれる悔しさに唇を嚙みしめた。

「素直に触ってほしいと言えばいいものを、ウブなそなたはそれすらできないのだな」

隣に寝そべってきたサーリムに、突然、唇を塞がれる。

「んっ」

片腕に頭を抱き込まれて顔を背けることもできない七海は、歯を食いしばって抵抗しようとするが、ことさら深く唇を重ねてきた彼に口をこじ開けられてしまう。

歯の隙間から忍び込んできた舌が、口内を探るようにうごめき始めた。

「ん……ふっ」

歯茎を舐められ、口蓋《こうがい》を突かれ、さらには舌を絡め取られ強く吸われる。

何度も何度も繰り返され、いつ終わるとも知れないくちづけに、ハッキリしていた意識までが薄れていく。

これほど濃厚なくちづけは、誰とも交わしたことがない。舌を吸われるたびに、みぞおちのあたりがズンと疼いた。

そればかりか、身体を重ねてきた彼のソーブに射精を待ち侘《わ》びる己自身が擦られ、なんとも言い難い快感が股間に広がる。

長いくちづけと、すっかり熟した己を擦られる心地よさに、全身が蕩けそうになっていた。

「っ……」

腿を撫でていた手を尻の間に滑り込ませてきた彼に、指先で秘孔を撫でられる。

遠のきかけていた意識が舞い戻り、七海は唇を奪われたまま足掻《あが》く。

しかし、彼は有無を言わさず指先を押し進めてきた。

「んんっ」

くちづけから解放されず、叫びが呻《うめ》き声となって唇のあいだからもれる。

媚薬を使われているせいか、いきなり指を挿入されながらも、不快な異物感があるだけで痛みはなかった。

彼は痛みがないことを見透かしているのだろう、遠慮なく指を奥へ押し進めると、ゆっくり抜き差しし始めた。

柔襞《やわひだ》を擦られるこそばゆさを、最初は肩を窄めて我慢していたが、しばらくすると信じられないことに、そのこそばゆさすら気持ちいいと感じるようになる。

生まれて初めて秘孔に指を受け入れながら、嫌悪を感じていない自分に驚くと同時に、媚薬の恐ろしさを実感した。

このあと、彼は間違いなく身体を繋げてくるだろう。ソープ越しに感じる彼自身は熱く滾っていて、大きさもかなりのものだとわかる。

そんなものを容易に受け入れられるわけがない。常識的に考えれば絶対に無理なはずだ。

しかし、媚薬によって淫らに緩んだ身体は、きっと苦もなく彼自身を受け入れてしまう。

抵抗することも叶《かな》わず男に貫かれ、恥ずかしげもなく喘ぐであろう自分を想像すると、この世から消えてなくなりたくなる。

サーリムがくちづけを終えたことすら気づかず、七海は理不尽な扱いを受けている自分を嘆いていた。

「ナナミ、今からそなたに初めての体験をさせてやろう。存分に楽しむがいい」

耳元をかすめた彼の囁《ささや》きに現実へと引き戻されたそのとき、身体の内側でなにかが弾けるような衝撃を感じた。

「いやあああ――――」

弓なりに反った七海の身体がそのまま痙攣する。

奥深いところで湧き上がった、叫ばずにはいられない強烈な快感に、目の前を何本もの閃光《せんこう》が走り抜けた。

それは、まるで達したときと同じような感覚なのだが、射精はしていない。生まれて初めて味わうとてつもない快感は、同じくらいの苦痛を伴っていた。

「やっ、やっ……」

巨大な快感の荒波に何度も呑み込まれる七海は、髪を振り乱して身悶える。

絶頂感を味わいながらも、いっこうに射精できない。

このまま快感の荒波に揉まれていたのでは、苦しさのあまりどうにかなってしまいそうだ。

「もっ……やめ……」

なけなしの力を振り絞ってサーリムの腕を掴むと、身体の内側で吹き荒れていた嵐がピタリと止《や》んだ。

「そのうち、中だけで達せるようになる。それも、なかなかよいものだぞ」

意味不明の言葉を口にしながら、彼が秘孔から指を引き抜いた。

「あふっ」

指が抜け出る不快な感覚に眉を顰《ひそ》めつつも、快感地獄ともいえる苦痛から解放された七海は安堵するが、それも一瞬でしかない。

「そろそろ本番だ」

短く言い放ったサーリムに身体をひっくり返され、腰を引き上げられる。

四つん這《ば》いの姿勢を取らされたが、身体を支えるだけの力がなく、七海は突っ伏してしまう。

「よい具合に緩んでいるな」

高いところから声が降ってくると同時に、両手で尻を掴んで左右に割った彼が、灼熱の楔《くさび》を秘孔に打ち込んできた。

「あうっ」

勢いよく腰を突き上げられ、七海の身体が跳ね上がる。

衝撃は強かったが、さほどの痛みはなかった。

あるのは、これ以上は無理というところまで柔襞を押し広げられる息苦しさだけだ。

しかし、股間に手を伸ばしてきた彼に、爆発寸前まで追い込まれている己自身を握られたとたん、その息苦しさもフッと消えた。

「動くぞ」

抽挿を始めたサーリムが、一緒に灼熱の塊を扱いてくれる。

刺激を求めて喘いでいたそれは、リズミカルな愛撫に嬉し涙を溢れさせながら、すぐそこにある頂点を目指して熱く脈打つ。

「無垢なだけあって、そなたは締まりがよいな」

満足そうな声が聞こえるとともに、彼が腰の動きを速めてきた。

それに合わせて手の動きも速くなり、収まることを知らない射精感がさらに高まる。

自分がどんな目に遭っているかも、どれほど淫らな姿をしているかも忘れてしまう快感に、意識のすべてが股間に集中した。

「あぁ……もっ……出る……」

しっかりと熱い塊を握り直した彼に、根元から精を絞り出すように扱かれ、待ち焦がれた頂点がついに見えてくる。

「いっ……やぁぁ――――」

長い指で中心部分のつけ根を締めつけられ、射精を止められた七海は叫び声をあげたが、彼はかまわず抽挿を続けた。

「ナナミ、素晴らしい締めつけだ」

七海が達せない苦しさに喘ぐ中、感極まったような声をもらした彼が、最後のひと突きとばかりに大きく腰を打ちつけてくる。

「出すぞ」

彼は前に回した腕で腹をグイッと抱え込むと、深く貫いたまま腰を押しつけてきた。

「んっ」

短くも熱のこもった極まりの声が耳に届き、身体の内側に熱い迸りを感じるとともに、彼の手によって灼熱の塊をググッと扱かれる。

「はうっ」

彼の手がたった一往復しただけで、待ちに待った絶頂が訪れた。

我慢に我慢を強いられた末の射精はかつてないほど勢いがよく、精が飛び出していく心地よい感覚に酔いしれる。

「ああああぁ――――」

甘美な快感に頭を仰《の》け反らせて浸る七海は、背後から抱きしめてきたサーリムの腕の中で、吐精しながら意識を手放した。

第八章

七海はこれまでの人生の中で、もっとも惨めで悔しい目覚めを迎えた。

いつ運ばれてきたのか記憶にないが、初日に目を覚ました寝室のベッドで寝ていた。

熟睡したことで頭はスッキリしていたが、気分が最悪で起き上がる気にもなれず、ひとりベッドに横になったまま天井を凝視している。

淫らな薬を使われて無理やり暴かれた身体には、サーリムから与えられた愛撫の感覚が生々しく残っていた。

それと同時に、昨晩はほとんど感じなかった痛みが、薬の効き目が切れたせいなのか、一気に襲ってきた。

貫かれた際に裂傷を負ったのだろう、秘孔がピリピリしている。幾度となく突き上げられた腰は重苦しく、ちょっとした動きに痛みが走り抜けた。

男に犯されたショックと、どこまでも卑劣なサーリムに対する怒りが大きく、考えがまとまらないほどに激しく混乱している。

「くそっ」

天井を睨みつけて吐き出し、クルッと寝返りを打って枕に顔を押しつけた。

現実として身に起きたことのすべてを、綺麗さっぱり忘れてしまいたい。

なにもなかったことにして、日本に帰ってこれまでどおりの生活を送りたい。しかし、腰と尻の痛みに、嫌でも昨晩のことを思い出してしまう。

昨晩、サーリムの執拗《しつよう》な愛撫にあられもない声をあげ、射精を望んで自ら淫らに尻を振ったのは媚薬のせいだ。

あれは自分の意思ではなく、薬に支配されていたからどうしようもなかったのだ。

自らに何度もそう言い聞かせて慰めようとしてみたが、気持ちは少しも穏やかにならないばかりか、陵辱されて身悶える、憐《あわ》れで情けない自分を改めて思い出す羽目に陥った。

「なんで、こんな……」

悔しさと恥ずかしさに涙が滲んできたが、顔を上げた七海は気丈にも片手でグイッと拭う。

泣いていてもなにも始まらない。とにかく、帰国する手立てを考えるのが先だ。

どうすればこの国を出られるだろうかと、あれこれ思い巡らせていると、ドアが軽くノックされた。

ギクッとした七海が振り返ると同時にドアが開き、先日と同じ模様の民族衣装を纏ったアフムードが入ってくる。

「おはようございます」

恭しく頭を下げた彼が、ベッドへと歩み寄ってきた。

サーリムではなかったことに安堵しつつも、真っ裸でベッドの中にいる七海は起き上がること
なく、シーツを首まで引き上げて躊躇いがちに視線を上げた。

サーリムが自分を妻にするつもりでいることを、アフムードは知っている。昨晩の出来事を把握しているかもしれない。

そう思うと、まともに彼を見ることができず、七海はすぐに視線を外してしまった。

「お休みのところ恐縮ですが、和服をお召しになっていただけますか？」

「和服？」

七海は枕に頭を預けたまま、眉根を寄せて彼を見返す。

「サーリム殿下より、ナナミさまの和服姿をご覧になりたいとのご用命を賜りました」

「嫌です」

サーリムの希望など聞き入れる気がない七海が即座に答えると、アフムードがなぜと言いたげに軽く首を傾げる。

「あの男とは二度と顔を合わせたくないし、和服を着るつもりもない」

絶対にサーリムの言うことを聞きたくない七海は、寝返りを打ってアフムードに背を向けた。

「ナナミさま、そんなことを仰《おつしや》らずに……」

彼はあきらかに困っている。

しかし、サーリムに仕えている彼は敵も同じだ。どれほど困ろうが、こちらの知ったことではなかった。

「ナナミさまは、サーリム殿下がお嫌いなのですか？」

呆れた質問を投げかけられ、首だけを巡らせた七海は呆然とアフムードを見上げる。

サーリムに好かれる要素があると思っているのだろうか。

拉致して監禁したあげく、逃げ出したことに怒って地下牢へ入れ、さらには媚薬を使って犯してきた。

これほど傲慢で卑劣な男とは、かつて一度も会ったことがない。彼を好きになれる人間がいたら、是非とも会ってみたいものだ。

「殿下は慈悲深くお優しい方です。第三王子ながらも多くの国民が信頼を寄せ、次期国王にと望む声すらあるのです」

アフムードが真顔で言ってのけたとき、大きな音を立ててドアが開く。

「ナナミ、まだ寝ているのか？」

長いローブの裾を翻しながら、サーリムがズカズカと寝室へ入ってくる。

一礼したアフムードがベッド脇から退き、代わってサーリムがそこに立つ。

「和服を着るように言ったはずだが？」

なぜまだ着替えていないのかと言いたげに、彼が責めるような視線を向けてくる。

悪びれた様子がいっさいなく、七海は怒りが募ってきた。

「着る気はない」

尖った声で短く言い放ち、シーツを頭まですっぽり被る。

自分ながら大人げない態度なのは承知しているが、顔も見たくないし話もしたくなかった。

「駄々をこねるな」

サーリムの声が近づき、ベッドが大きく傾ぐ。

端に腰かけたのだとわかったが、七海はシーツを被ったまま彼に背を向けた。

「こちらを向いて顔を出せ」

一気にシーツが剝ぎ取られ、身体を引っくり返させられる。

裸の身体が露わにされてカッとなり、怒りにまかせて起き上がりざま片手を振り上げたが、その手は容易く摑まれてしまった。

「二度も叩かれるほど愚かではない」

「離せよっ！」

鼻で笑われた七海は、悔しさに顔を赤くして彼の手を払いのけ、奪い返したシーツを身体に巻きつける。

「アフムード、さがれ」

「かしこまりました」

軽く頭を下げたアフムードが寝室をあとにし、七海とサーリムのあいだに長い沈黙が流れた。

口を利くつもりがない七海は唇を噛みしめたまま、思案顔でこちらを見ているサーリムを見据え続ける。

「ナナミは忘れっぽい男なのか？」

笑いを含んだ声で唐突に聞かれ、思わずなんのことかと眉を顰めた。

「私に服従を誓ったのは昨日のことだぞ？　もう忘れてしまったのか？」

わざとらしく呆れて言ったかと思うと、指が頬に食い込むほどきつくあごを摑まれる。

「くっ……」

痛みを感じた七海は果敢にも睨み返したが、内心は怯えていた。

誓いを盾にされてしまうとなにも拒めない。昨晩以上の仕打ちを受ける可能性があるのだ。

「いますぐ和服に着替えるか、再び地下牢に入るか、どちらがいいのだ？」

案の定、サーリムは勝ち誇った顔で脅してきた。

地下牢と聞いて震えが走る。

今度は一晩ではすまされないかもしれない。冷たくて薄暗い地下牢に何日も閉じ込められていたら、本当にどうにかなってしまう。

従うしかないと諦め、シーツを身体に巻きつけたままベッドを降りた七海は、無言で戸棚へ向かった。

片手でシーツを押さえつつ扉を開き、膝をついて和服を収めた畳紙を取り出し、きっちりと結んである紐《ひも》を解いていく。

サーリムの視線をヒシヒシと感じたが、気にするなと自らに言い聞かせ、着付けの準備を整えていった。

肌襦袢を身につけてその上に長襦袢を羽織り、巻きつけていたシーツを落とす。

普段は下着、足袋、肌襦袢、長襦袢の順に着付けていくのだが、できるだけサーリムに肌を見せたくない思いから、今日は順序を変えた。

足下に落ちたシーツを片手で脇に避《よ》け、続けて和服のときだけ着用している絹製の白いTバックを穿く。

本来は六尺褌《ろくしゃくふんどし》を締めるべきなのだろうが、さすがに抵抗がある。いっときは普通の下着を穿いて和服を着ていたが、最近はTバックばかりだ。

絹のTバックは肌あたりがよく、下着のラインが表に響かない。そのうえ、股間の収まりがいいのだ。

「なっ……」

足袋を履くつもりで身を屈めようとしたとき、いきなり背後から腕を掴まれ、驚いた七海は目を丸くしてサーリムを見上げる。

「せっかくだから、こちらを向いて着てくれ」

半ば強引に身体を半回転させられ、せっかく合わせた長襦袢の前がハラリと開く。

すると、彼は怪訝な顔つきで股間に視線を向けてきた。

「和服専用の下着があると聞いているが、これがそうなのか？」

どこかで聞き齧《かじ》ったのか、Ｔバックに手を伸ばしてきた。

「いえ、これは……」

手が触れる寸前に腰を引いた七海は、長襦袢の前をサッと重ね合わせる。

しかし、一歩、前へ出てきた彼がその手を軽く払い、重ねた前を広げられてしまう。

「両手で持って広げておけ」

サーリムから命じられ、渋々ながら従う。

下着を身につけているとはいえ、絹のＴバックは生地が薄く、見られる恥ずかしさを覚えた七海は、頬を染めて俯《うつむ》いた。

「Ｔバックか……そなたが身につけると、なかなか艶っぽいものだな」

片手でＴバックの盛り上がりを触ってくる。

薄い布越しに彼の手を感じ、七海はピクッと身震いした。

下着姿を晒《さら》して嬲られるなど屈辱以外のなにものでもない。しかし、逆らえば容赦なく地下牢へ放り込まれるだろう。

サーリムに服従するのは悔しいが、薄暗い地下牢で二度と過したくない七海は歯を食いしばって我慢するしかなかった。

「そういえば、昨夜はそなたのここを味わい損ねた」

真っ直ぐこちらを見つめてくる彼が、薄く小さな布で覆われた中心部分を手のひらに載せ、重さを量るように持ち上げる。

たったそれだけのことで下腹の奥がズクンと疼き、七海は信じ難い反応をした己の身体に驚愕した。

「手触りのよいシルクだ」

そんなことを言いながら、まだ柔らかなそこを指先で揉み始めると、無意識に七海の視線が彼の手に落ちる。

扱いに慣れた指の動きがとてもいやらしく映ると同時に、股間全体がムズムズしてきた。

（いやだ……）

感じてしまう自分が恐くなり、唇を噛んで天を仰いだ七海は、己の股間から意識を遠ざける。

しかし、あきらかな目的を持って動く指先は、確実に感じる部分を責め立ててきた。

双玉を収めた袋を揉みしだき、裏筋を強めに擦られると、萎《な》えていた中心部分が少しずつ頭をもたげてくる。

滑りのよい絹の上を動く指先が、ことのほか心地よく感じられ、我慢できなくて身を捩った。

「あぁ……」

甘声に気をよくしたのか、サーリムがさらなる愛撫を加えてくる。

布の上から鈴口をツイッとなぞられ、そこから甘酸っぱい痺れが駆け抜け、今度は鼻にかかった声がもれた。

「ん……ふっ……」

「よい声だ」

満足そうな声をもらした彼が絨毯に膝をつき、盛り上がった布に唇を押しつけてきた。

「はっ」

思わず逃げ腰になったが、両腰を摑まれ動けなくなる。

動きを封じた彼はさらに強く唇を押しつけて、舌を這《は》わせてきた。

絹一枚を通して感じる生温かな舌の感触に、嫌悪を感じるどころか快感を覚える。

頭をもたげた中心部分が一気に力を漲らせ、Tバックの中で妖しくうごめく。

「あ……んんっ……んん……」

張り詰めた先端を布ごと咥えた彼に強く吸い上げられ、どうにも我慢できずに腰を激しくくねらせた。

感じているのは紛れもない快感だ。それも、昨夜のように媚薬を使われていないのに、憎い男に嬲られているというのに、身体はもう蕩けそうになっている。

「やめて……」

受け入れがたい事実に、七海は小さな声をもらしてその場にへたり込む。

「どうした？　立っていられないほど気持ちがよいのか？」

勘違いしたのか、わざとからかってきたのかわからないが、ペタンと絨毯の上に座り込んだ七海の顔を覗いてくる。

「もう……」

嫌だと続けるはずの言葉を、地下牢に入れられたくない七海はグッと堪えて飲み下す。

「もう我慢できないのだな」

自分のいいように解釈した彼に身体を横たえられ、投げ出した足を左右に大きく割られる。

自らゴトラを外し、ローブの裾を片手で捌《さば》きながら、足のあいだに入ってきた。

脇で結んでいる肌襦袢の紐を解かれ、胸を露わにされる。

さぞかし淫らな姿をしていることだろう。自分の姿を想像したくもない七海は、顔を背けて別のことを考える。

「小さな下着から飛び出しそうになっているではないか」

唾液に湿った布の上から、くっきりと形が浮き上がっている己自身を突かれ、ヒクンと腰を跳ね上げながらもそっぽを向き続けた。

殴られたり蹴られたりするより、ただ死んだ魚のように横たわっていればいいのだから、よほど楽ではないか。

彼の遊びはいっときのものでしかない。満足すれば解放してくれるだろう。

救いを求める相手もいない七海は、ほんの少しの我慢だと自分に言い聞かせ、固く目を瞑《つむ》って
その身を投げ出した。

「愛するナナミには、いつでもどんなときでも望むだけの快楽を与えよう」

聞きたくもない言葉を口にしたサーリムが、股間へ顔を埋めてくる。

再び舌による愛撫が薄い布の上から加えられた。

「はっ……あぁ」

布がぴったりと張りついている裏筋を舐め上げられ、もどかしいほどの心地よさが湧き上がる。

まるで投げ出した身体が、毛足の長い絨毯に沈み込んでいくようだ。

何度も同じ場所を舐め上げられ、小さな布の中で焦《じ》れた灼熱の塊がビクビクと脈打つ。

しばらく布越しに舌で弄んでいた彼も、それでは物足りなくなってきたのか、Ｔバックの脇か
ら硬く張り詰めた七海自身を引っ張り出す。

「くっ……」

己を無理やり横に倒され、七海はちょっとした痛さを感じて眉根を寄せる。

しかし、剝き出しの先端に舌を這わされた瞬間、痛みは忘れるほどの快感に襲われた。

「や……ああっ……あっ……んんん」

七海のそれを倒したまま、彼はまるで横笛を扱うかのように、先端からつけ根に向けてくちづけを落としていく。

彼の唇が離れるとつけ根に痛みを感じ、くちづけられると全体が快感に包まれる。

痛みと快感が混じり合う感覚は得も言われぬ心地よさで、いつにない昂揚感を味わっている七海は我を忘れていく。

「そなたが溢れさせる蜜は本当に甘いな」

顔を起こしてそう言ったサーリムが、投げ出している手に指を絡めてくる。

キュッと手を握り締められ、無意識に視線をそちらに向けると、微笑む彼と目が合った。

「イキたいか？」

柔らかに目を細めて訊ねられ、焦れきっていた七海は思わずうなずき返す。

「いい子だ」

顔を綻ばせたサーリムは握り合った手を離すと、七海が穿いているTバックを脱がした。

横向きになっていた七海自身が勢いよく天に向かって勃ち上がり、待ちかねたように揺れ動きながら蜜を零す。

達することだけしか考えられなくなっている七海は、恥じらうことも忘れて目を閉じる。

すぐに訪れるであろう快感に胸が高鳴り、身体の熱がより高まる。

「早く……」

譫言《うわごと》のようにつぶやくと、灼熱の塊に片手を添えた彼が、喉元奥深くまでスッポリと咥え込んできた。

「あぁ」

なにもかもが溶け出していくような甘さを含んだ心地よさに、自然と七海の腰が浮き上がる。

サーリムの頭がゆっくり上下し始めた。熱した皮膚が唇で擦られると、下腹の奥で渦巻いていた射精感が強まっていく。

「んっ……ふ……」

吐息混じりの声がひっきりなしにもれ、震えが止まらなくなる。

股間で上下する彼の頭に自然と手が伸びた。震える指先でしなやかな黒髪を絡め取り、大きく身体を仰け反らせる。

目指す頂点は近い。あと少しの刺激で心置きなくすべてを解き放てる。

気持ちが急《せ》いてきた七海は全神経を己自身へ向け、サーリムの動きに合わせて腰を揺らす。

限界が近いことを察してくれたのか、彼が唇の動きを速めてきた。

つけ根から先端へ向けて唇がリズムよく動き、強烈な快感の渦に呑み込まれていく。

「あ……出る……もっ……」

抗い難い射精感が襲ってきた七海は、尻を浮かせたまま小刻みに動かす。

すかさず片腕で腰を抱きしめてきたサーリムが、さあイケとばかりにことさら強く窄めた唇で扱き上げてきた。

その動きに引きずられ、腰を突き出したまま極まりを迎える。

「はぅ」

七海はあごを反らして小さく呻き、彼の口内に精を迸らせた。

「んっ、んんっ」

深く咥え込んだ彼に先端部分を音が立つほど吸われ、倍増した快感に吐精しながら激しく身悶える。

酒の酔いもなく、媚薬に支配されてもいない、まっさらな身体で味わう甘美な射精は、無垢な七海を蕩けさせていく。

「はぁ……」

最後の一滴までを絞り取られて弛緩《しかん》した身体が、力なく絨毯の上へ落ちる。

頭の中が真っ白でなにも考えられない七海は、手足の隅々までをも満たしていく気怠《けだる》い解放感に、うっとりと目を閉じた。

「ナナミ」

耳元でサーリムの声が聞こえたが、瞼を上げることができない。

「愛している、そなただけを……」

吐息混じりの声が耳をかすめたかと思うと、背中からすっぽりと抱き込まれた。

髪にくちづけてきた彼が、優しく長襦袢で身体を覆ってくれる。

伝わってくる少し速い彼の鼓動が、なぜかとても心地よく感じられた。

誓いという名の下に辱めてくる彼は、憎むべき男だ。きっと、強制的に与えられた快楽のせいで、思考が乱れているのだろう。

あれこれ考えるのすら億劫《おっくう》な七海は、抱きしめてくるサーリムの腕の中で、ただただ余韻に浸っていた。

第九章

和服に身を包んだ七海は、藺草《いぐさ》の香りが漂う真新しい畳に、背筋をシャンと伸ばして正座をしている。

二十畳の和室には床板を高くした一畳分の蹴込《けこ》み床《どこ》があり、太い欅《けやき》の床柱を挟んだ反対側に床脇が備えられていた。

床には趣のある水墨画の掛け軸と、紅梅が生けられた九谷《くたに》焼の壺《つぼ》が飾られ、床脇の違い棚には唐津《からつ》茶碗や壺が置かれている。

紅梅は枝振りがよく、色合いも美しいが、時季的に造花と思われる。しかし、遠見には本物と見紛《みまご》うほどに、完成されたつくりだった。

そして、正座をしている七海の斜め前には、茶碗、茶器、風炉《ふろ》、釜《かま》、建水《けんすい》、柄杓《ひしゃく》などの茶道具が、正式に近い形できちんと並べられていた。

最近では滅多に見ることがない、茶の湯を楽しめる贅沢な本床の間は、なんとサーリムが暮らしている王宮の中にあった。

どうやら海堂と出会ったことで茶道に興味を覚えた彼は、和室を造ってしまったらしい。海堂との出会いから間もないというのに、これだけのものを設えたのだから、金に糸目をつけない王族のやり方には呆れるばかりだ。

数日ぶりに着慣れた和服姿で和室に身を置く七海は、目の前にサーリムがいなければ、この場にいられることを心から喜べただろう。

しかし、着付け途中で手を出してきた彼から、改めて和服を着るように命じられ、半ば無理やりこの和室に連れてこられたこともあり、心中はかなり複雑だった。

「必要なものはすべて揃っているはずだ、私のために茶を点《た》ててくれ」

ゴトラを被り、ソーブの上にローブを纏った姿で、畳の上で胡座《あぐら》をかいているサーリムが、すぐ始めろとばかりにあごをしゃくってくる。

相変わらずの傲慢な態度に腹が立つ。こんな男のためになぜ茶を点てなければならないのかと悔しくなる。

とはいえ、彼には逆らえない。それに、和服を着て茶を点てているときは無になれる。

サーリムと出会ってから目まぐるしく日々が過ぎ、穏やかな気持ちでいられる時間がなかった七海は、すべての嫌なことを忘れようと、静かに息を吐き出して精神を集中する。

一礼して帛紗《ふくさ》を手に取り、慣れた手つきで捌く。上質な絹で作られた紫色の帛紗は触り心地がよく、手にしただけで心が落ち着いてきた。

七海は捌いた帛紗を右手に持ち、左手で取り上げた棗《なつめ》を丁寧に清め、続けて茶杓《ちゃしゃく》を清めていく。

サーリムと二人だけの和室に、七海が茶器を清めていくかすかな音だけが聞こえる。

彼は多少なりとも茶道の作法を知っているのか、言葉を発することなくただこちらを見つめていた。

ひとつ、またひとつと所作をこなしていくうちに、心が洗われてくる。

ここに用意された茶道具は、どれも由緒正しき流れのものばかりだ。愛用している茶道具のように、七海の手によく馴染んだ。

家では稽古がないときでも、自分で味わうために自ら毎日、茶を点てている。静かに流れるひとりの時間がなによりも好きなのだ。

日本を離れてから茶を点てられなかった七海は、久しぶりに清らかな感覚を味わっていた。

手の中にしっくりと収まる美濃焼《みの》の白釉天目《はくゆうてんもく》茶碗で茶を点て、茶筅《ちゃせん》を引き上げ音もなく元の場所に戻す。

とそのとき、サーリムが吐き出す息の音が聞こえた。どうやら、息を詰めて茶を点てていた七海につられ、彼も息を殺していたようだ。

初めて茶道を体験する多くの外国人は、正座が慣れていないこともあり、茶を点てている時間が実際よりもかなり長く感じられるらしく、途中でモゾモゾと動き始める。

胡座をかいているとはいえ、サーリムも同じなのではと思ったが、茶を点て終わるまで彼は微動だにしないばかりか、真剣な面持ちで点前《たてまえ》を見ていた。

両手で茶碗を取り上げて静かに立ち上がった七海は、サーリムの斜め前で改めて正座をする。本来は座ったまま畳に置いた茶碗を、前へ出てきた客人が取り上げるのだが、サーリムがかなり離れた場所に座っているので気を利かせたのだ。

手のひらの上で茶碗を回し、正面を彼に向けて畳に置いた七海は、三つ指をついて深く頭を下げた。

「おてまえ……」

いきなり日本語を口にしたサーリムを、思わず驚きの顔で見返す。

しかし、彼は先が続けられなかったらしく、苦笑いを浮かべると救いの視線を向けてきた。

初めて目にした彼の少し情けない表情が、なんとも微笑ましく感じられた。

「おてまえちょうだいいたします」

ゆっくりとした口調で挨拶の言葉を教えると、すぐ彼が復唱してくる。

「おてまえ……ちょうだいい……たします」

辿々しいながらも正しく言い終えた彼に、七海は笑顔でうなずき返した。

傲慢で身勝手な男ではあるが、伝統的な茶道の作法を重んじるだけの礼儀は持ち合わせているらしい。

きちんと言えて満足したのか、ようやくサーリムが茶碗へ手を伸ばした。

手のひらに載せて押し戴《いただ》き、さらには茶碗を回して正面を避けてから口をつけた。

先ほどとは異なり、戸惑いの欠片もないその所作は、なかなか堂に入ったものだった。

茶道のことは海堂から教わったと聞いたが、作法を心得ているところをみると、彼は話だけでなく実際に何度か点前を味わったのだろう。

本床の間がある和室を造って茶道具を揃えたのは、金持ちの道楽だとばかり思っていたが、そうではないのかもしれないと七海は思い始めた。

茶を味わっていたサーリムが、最後に軽く音を立てて啜《すす》りきり、指先で茶碗の縁を拭って畳に下ろす。

「お粗末様でした」

茶碗を取り上げようとした際、つい日本語を使ってしまった七海は、「あっ」と小さな声をもらし、思わず手を引っ込めた。

しかし、彼は眉を顰めるでもなく、理解したかのように笑顔で軽くうなずいた。同じ言葉を海堂が口にしたのかもしれない。

「茶道の作法はもちろんのこと、こうした場で使う日本語くらいは覚えたいのだが、なかなか難しいものだな」

サーリムが穏やかな笑みを向けてくる。

作法ばかりか用語を習得したいと思うほどに、アラブ人の彼が茶道に興味を持っていることが七海は驚きだった。

アメリカやヨーロッパでは日本文化も浸透しつつあり、現地で開催している不知火流の茶道教室も賑《にぎ》わいをみせている。

日本を訪れた旅行者向けの体験教室にも、多くの外国人が参加してくるが、そのほとんどが白人だ。

アラブ人が日本の伝統文化をどう捉えているのか、これまでに考えたこともない。

サーリムはもともと日本に興味があったのか、もしくは、妹が日本人と恋愛をしたことがきっかけになっただけなのか、気になるところだ。

「それにしてもナナミの和服姿は美しいな」

足を崩したサーリムが立てた片膝へ腕を預け、こちらを真っ直ぐに見つめてくる。

いつにない熱い眼差《まなざ》しが、いたたまれないほど恥ずかしく感じられた七海は、視線をスッと手元に落とす。

「恥じらう様子もたまらなく愛おしい」

照れることもなく言ってのけられ、ますます恥ずかしさが募ると同時に、またちょっかいを出されるのではと不安がよぎる。

いつでもどこでも彼の言いなりになるしかない立場だ。それは重々、承知している。

しかし、茶道具が揃ったこの閑雅な和室で、淫らな真似だけはされたくなかった。

「そういえば、まだミドーとサミーラの結婚には反対なのか？」

急に話題を変えてきた彼を、七海は躊躇いがちに視線を上げて見返す。

「それは……」

七海は言い淀《よど》み、再び視線を落とした。

海堂のことを思い浮かべたのは、この国へ連れてこられたあの日だけだ。

その後は散々な目に遭っていたため、考える余裕などなかった。

「私はできればサミーラを日本に嫁がせたい。幸せになってもらいたいのはもちろんだが、彼女にミドーのもとで本格的に茶道を学んでほしいのだ」

静かな口調で話し始めたサーリムを、七海は驚きの顔で見つめる。

「なぜ茶道を？」

素朴な問いを投げかけると、彼はフッと目を細めた。

「私は茶道におけるワビ、サビという日本独特の世界観に感銘を受け、是非ともこの国の民に広めたいと思ったのだ」

「シャラフ王国に茶道を？」

興味を覚えた七海が居ずまいを正して見つめると、サーリムは大きくうなずき返してきた。

憎くて話もしたくない相手だが、不知火流が世界に茶道を広めようとしているだけに、言葉の真意を確かめたくなり、黙って彼が先を続けるのを待った。

「茶道は動きのひとつひとつが美しく、静けさにとても心が落ち着く。それに、茶を点てて味わうだけでなく、茶碗や飾られた花、書画までも見て楽しむのだろう？　茶道はたおやかな所作が身につくうえに、芸術品を身近に感じられるところがよいのだ」

話し終えた彼がにこやかな顔を向けてくる。

彼が茶道に触れてから、まだ間もないはずだ。

不知火流宗家の跡取りである海堂から学んだとはいえ、作法にうるさい面倒なものと茶道を捉《とら》えるのではなく、心身の鍛練になると受け止めたことに感心する。

しかし、疑問は残った。サーリムがことのほか茶道を気に入ったとしても、サミーラが同じとは限らない。

海堂と結婚したがっているのをいいことに、自分の考えを妹に押しつけようとしている可能性があった。

「サミーラ王女も茶道に興味をお持ちなんでしょうか？」

「もちろんだ。後継者であるミドーのよき妻になるため、暮らしているホテルの部屋のひとつを和室に造り変え、ミドーから日々、稽古を受けている」

即座にうなずいて説明してきた彼は、七海が怪訝な顔をするとさらに続けてきた。

「これまで我が国は日本と交流がなかったが、サミーラが日本に嫁ぎ、そして茶道をこの国に広めることにより、よりよい関係が築けると思わないか？」

サーリムは笑顔で同意を求めてきたが、七海は賛同しかねた。

「でも、茶道を広めるためには、いずれサミーラ王女はこちらに帰ってくる必要があります。宗家の妻として、それは無理だと……」

実現は不可能だと肩をすくめてみせる。

仮にサミーラが宗家の嫁となったならば、里帰り以外で帰国することは不可能だろう。

母国で茶道を広める活動などできるわけがなかった。

しかし、七海が口にした否定的な言葉を、サーリムは意に介したふうもなく笑って聞き流す。

「サミーラが嫁いでしばらくしたら、茶道の教師に相応しい人材を選《え》りすぐり、そちらに何名か留学させるつもりでいるのだ。茶道を学んだ彼らが帰国して教えればよいだろう？」

「どちらにしろ、茶道の流派にはそれぞれ階級というものがあります。不知火流では教室を開けるようになるまでに、最低でも六年はかかるのです。そう簡単にはいきません」

あまりにも短絡的な考えに、七海がつい語気を強めると、さすがに彼も渋い顔をした。

腕組みをしてしばらく考え込んでいたが、名案でも浮かんだのかパッと顔を明るくする。

「ナナミは当然、教えることができるのだろう？」

「はい」

素直に返事をしながらも、嫌な予感がして訝しい視線を向ける。

「それでは、留学させた者たちが資格を取るまで、ナナミが教えるというのはどうだ？」

「はぁ?」

呆れた提案をされて七海は思わず口をポカンと開けたが、彼は自分の思いつきが気に入ったのか、満面に笑みを浮かべていた。

「私は妻をあまり外には出したくないのだが、茶道のためなら多少の我慢はしよう」

彼が口にした「妻」の一言に、自分の置かれた現実を思い出し、七海はムッとした顔で睨みつける。

「サーリム王子……」

言い返そうとしたところで、向こうから誰かが襖《ふすま》を叩いてきた。

「なんだ?」

サーリムのひと声に、襖が静かに開く。

「殿下、リーゼン男爵よりお電話です」

顔を覗かせたアフムードが、手にしている携帯電話を差し出してきた。

「ああ、そちらで話そう」

サーリムがわかったとうなずき返すと、アフムードは手を引っ込め、襖を開けたまま直立不動の姿勢を取る。

「ナナミ、すまないが用ができた。この和室も道具も好きなときに使うといい。それから、退屈だったら王宮内を散歩してもよいぞ。ただし、絶対に門の外に出ようとするな」

その場で立ち上がったサーリムは、言うだけ言って最後に釘をさしてくると背を向けた。

「あの……」

呆然としている七海を振り返ることなく、彼はアフムードに声をかける。

「アフムード、出かけることになるだろうから、車の用意をしておいてくれ」

「かしこまりました」

和室から出てきた彼に一礼したアフムードが、会釈をして襖を閉めた。

七海は正座をしたまま、ピタリと閉じた襖を見つめる。

サーリムは妹の幸せを願うだけでなく、自国のことにも目を向けている。

すくなからず心を動かされたが、「妻」の一言に抱いた親近感は一瞬にして吹き飛んだ。

彼はこのまま自分をシャラフ王国から出さないつもりでいる。

男の自分を本気で妻として娶るつもりなのだ。

そんなことが許されるわけがない。自分はもちろんのこと、両親も黙っていないはずだ。

地下牢に再び入れられるのを恐れ、彼に服従を誓ってしまったが、のんびり茶を点てている場合ではなかった。

「どうにかして逃げ出さなきゃ……」

立ち上がった七海は部屋を出ようとしたが、使ったままになっている茶道具に気づき、急ぎ畳から茶碗を取り上げ、釜を載せた風炉の前へ戻る。

茶の湯を嗜《たしな》む者として、茶道具の後片付けをしないで部屋を出るわけにはいかない。

それに、茶道具に触れていれば、冷静に考え事ができる。

慌てたところでよい案など浮かぶはずもなく、風炉の前に正座した七海は、柄杓ですくった湯を茶碗に注いで丁寧に濯《すす》ぎ始めた。

第十章

七海は王宮の構造と建物の配置を把握するため、シャツとジーンズに着替えて部屋を出た。

サーリムは逃走など不可能と思っているのか、はたまた、服従を誓った自分が逃げるわけがないと思っているのか、所持品はなにひとつ取り上げられていない。

財布に入っているポンド札と日本円札はシャラフ王国では通用しないだろうが、クレジットカードは使えるはずだ。

とにかくパスポートと財布だけは、常に身につけておくべきだろうと、ジーンズのポケットへ入れてきた。

最初に逃走を図ったときは、見つからないようにコソコソしていたが、サーリムから自由に歩いてよいと許可をもらった七海は怯えることなく堂々と王宮内を歩く。

大理石で造られた王宮の廊下は、横幅が広いだけでなく、呆れるほど天井が高い。

雅《みやび》な彫刻を施した柱が一定の間隔で立てられ、床には深紅の絨毯が敷き詰められている。

室内と異なり派手な装飾がいっさいなく、神聖な雰囲気に包まれていた。

「確か、ここはサーリム王子の宮って言ってたよな……」

部屋を出てからかなりの距離を歩いたが、いっこうに出口に辿り着かない七海は、いったん足を止めてあたりを見回す。

サーリムの生活している建物が、かなりの大きさであることは承知していた。

しかし、第三王子である彼のために用意された宮だと思うとさすがに呆れる。

第一、第二王子の宮はここより大きい可能性があり、二人の王女のための宮もあるのかもしれない。

とうぜん国王と王妃が暮らす本殿があるはずで、この王宮自体の大きさを考えるのが嫌になってきた。

部屋から部屋への移動ですら、そこそこの労力を要する王宮暮らしは、優雅に見えて意外に大変そうだ。

「あのオアシスみたいな場所はどこにあるんだろう？」

ひとしきりあたりを眺めた七海は少し休憩をしようと、あの場所を求めて再び歩き始める。

先日は追ってきた男たちに捕らえられ、有無を言わさずサーリムの部屋まで連れて行かれてしまったため、どこをどう歩いたのか記憶に残っていないのだ。

頭上に青空が開けていたことから、宮の外のような気もするのだが、内部に設けられた中庭の可能性もあった。

部屋を出てからここに来るまで、王宮に仕えていると思われる、同じ色の制服を着た男たちと何度か擦れ違った。

彼らに訊ねたら、場所を教えてくれるかもしれない。次に出会ったときは声をかけてみようと思いつつ足を進める。

しかし、そう思ったとたん人の気配がぱたりと消えた。場所を訊ねる相手もなく、自分の足を使って探すしかない七海は、あてになりそうにない勘を頼りに歩く。

「えっ？」

かすかに人の笑い声が聞こえ、足を止めて耳をそばだてた。

「女の人の声だ……」

今度は話し声が聞こえてきた。

その場で方角を確かめ、そちらへ向かって足を速める。

すると、間もなくして太陽光が差し込む広場に出た。

あのオアシスみたいな場所ではなかったが、雰囲気は似ている。

建物が囲む円形の広場の中央に、大きな椰子の木がまとめて植えてあり、影を落とす葉の下に幾つかの長椅子が置かれていた。

場所から察するに中庭なのだろうが、まるでちょっとした公園のような広さがある。

「こっちから聞こえたんだけどなぁ……」

足を止めてあたりを眺めた七海の目に、見覚えのある姿が飛び込んできた。

「兄さん！」

思わず大きな声をあげ、座ってサミーラと話している海堂に駆け寄っていく。

まさか、ここで彼に会えるとは考えてもいなかった。救いの神が現れるとは、まさにこのことをいうのだろう。

七海は荒い息を吐きながらも一目散に走り、顔いっぱいに喜びの笑みを浮かべた。

「七海、息せき切ってどうした？」

海堂が不思議そうな顔で見上げてくる。

弟が急に姿を消したというのに、心配している様子が微塵《みじん》もない。

サーリムに拉致されたと知り、駆けつけてくれたのではないのだろうか。

「兄さん、僕……」

息が荒く言葉が続かない七海を気遣ったように、長椅子からスッと立ち上がったサミーラが笑顔で座るよう勧めてくる。

憎き男の妹だが、彼女に罪はない。怒りをぶつけるのはお門違いだと言い聞かせ、七海は素直に腰を下ろす。

と同時に、サミーラを手招いた海堂が、彼女を自分の膝の上に座らせ、腰を抱き寄せた。

人前で女性とベタベタする彼を目の当たりにすると、兄ではないような気になりなんともやりきれなくなる。

しかし、海堂はそうした思いなど知る由もなく、笑顔で話しかけてきた。

「僕もこの王宮には何度か招待されたことがあるけど、まだ泊まったことはないんだ。サーリムに招待されたうえに、ここに何泊もできるなんて七海が羨ましいよ」

海堂の言葉に七海は愕然とする。

彼は、招待されて王宮へ来たと思っている。そう吹き込んだのはサーリムだろう。

どうりで心配した様子がないわけだ。サーリムの用意周到さに甚《はなは》だ腹が立つ。

自分が喜んで滞在していると勘違いされたままではたまらず、七海は事実を訴える。

「兄さん、違うんだ。僕は無理やりここに連れてこられたんだよ。サーリムに拉致されたんだ」

サミーラを傷つけるつもりのない七海が日本語で言い放つと、海堂が険しい表情で見返してきた。

「冗談にしてはタチが悪いな」

「冗談なんかじゃない、本当なんだよ、本当に拉致されてここに来たんだ」

七海は懸命に言い返したが、海堂は表情を険しくしたままだ。

そればかりか、サミーラに耳打ちをして膝の上から下ろし、自らも長椅子から立ち上がる。

サミーラは不安げな顔でひとしきり海堂を見つめると、渋々ながらといった感じで立ち去っていった。

「彼女が日本語を理解できないからって、好き勝手なことを言わないでくれ。言葉がわからなくても、楽しい話じゃないことくらいはわかるんだからな」

目の前で腕組みをした海堂が、厳しい顔つきで見下ろしてくる。

弟の言葉をはなから信じようともせず、恋人ばかりを気遣う海堂になにを言っても無駄なような気がしてきた。

しかし、ここで頼れる人間が海堂しかいない七海は、立ち上がって彼の両腕を摑み、必死に縋《すが》りつく。

「ごめん、でも緊急事態なんだよ。僕はすぐにでもロンドンに戻りたかったけど、逃げようとしたら地下牢に閉じ込められて……本当に散々な目に遭ったんだ」

「どうしてそんな出鱈目《でたらめ》を言うのか理解できない。サーリムは温厚で常識ある人だぞ。僕とサミーラのために親身になってくれたり、いろいろと便宜を図ってくれているんだ、そんな彼が僕の弟にひどいことをするわけがない。だいたい、拉致だの地下牢だの現実離れしすぎてる」

海堂は真っ向から否定してきた。

恋をして自分を見失っているだけでなく、彼はサーリムに心酔しているようだ。

彼にとってサーリムが善人であっても、自分にとっては悪人以外の何者でもない七海は、このままでは埒が明かないと声を張りあげる。

「事実なんだからしかたないだろう！　兄さんは弟の言ってることが信じられないの？　今まで

僕が兄さんに嘘《うそ》をついたことある？　あの男は寝ているあいだに拉致して監禁する卑劣なヤツなんだよ」

まくし立てた七海は肩で大きく息を吐く。

これでも信じてもらえなかったら、もうお手上げの状態に近い。

しかし、いくらなんでもこれだけ力説すれば、彼もこちらの言葉を信じてくれるはずだ。

七海がそう思ったのもつかの間、なんと海堂は怒りを露わにしてきた。

「いい加減にしろ。いくら弟でもついていい嘘と悪い嘘がある。どんな目的があってそんな嘘を並び立てるのか知らないが、この国にはおまえが言うような卑劣な真似をする人なんかいない。みんな真面目でいい人ばかりだ」

負けじと声を張りあげた海堂が、射るような視線を向けてくる。

目の前にいるのは間違いなく兄だが、七海が知っている海堂ではなかった。

サミーラと結婚するためなら宗家の座を捨ててもいいと言った時点で、彼の心はこちらの国側へ傾いていたのだろう。

アラブ人女性に恋したことで、アラブそのものにかぶれてしまったようだ。

アラブ人は道理に外れた行為をしないと信じて疑わない彼と、これ以上、話をしても時間の無駄だ。

サミーラと結婚すると言い張って帰国しない彼を、なんとか説得して連れ帰るよう両親から頼まれ、しかたなく日本を飛び立ってきた。

彼が大人げなく駄々をこねたりしなければ、自分はサーリムと会うこともなく、拉致されて辱めを受けることもなかったはずだ。

窮地に立たされている弟の言葉を信じない兄に、七海はほとほと呆れただけでなくただならない怒りが湧いてきた。

「そんなにサミーラが好きなら、勝手に結婚でもなんでもすればいいだろ！　兄さんの代わりに宗家は僕が継いでやるから、二度とウチの敷居を跨《また》ぐなよ」

七海が怒りにまかせて大声で言い放つと、さすがに海堂も驚いたらしく目を丸くしたが、構わず背を向けて歩き出す。

もう彼には助けを求めない。自力でここを脱出して日本に帰ってやる。

気を許してみせれば、サーリムもきっと隙ができるはずだ。

そのチャンスに、王宮の外に出て街を見てみたいとちょっと甘えてみよう。気をよくした彼が、ここから連れ出してくれるかもしれない。

彼に阿《おもね》るような真似はしたくないが、王宮の外へ出なければ先に進めないのだ。嫌だとか言っている場合ではなかった。

「くそっ……」

大声をあげて憂さを晴らしたいところだが、それもできない七海はひとりブツブツ言いながら歩いてきた長い廊下を戻っていった。

第十一章

「ああ、美味《おい》しかった。兄弟揃って食事をするのは、やはり楽しいものですね」

そう言った海堂が満足そうに笑ってワイングラスを傾けるのを、七海はなんとも言い難い思いで見つめる。

サミーラと海堂が到着したことを知ったサーリムの提案で、沈みかけていく夕陽が望めるテラスのテーブルを囲んで食事をすることになった。

熱愛モードの二人は当然のように並んで腰かけ、七海はサーリムの隣に座らされた。

サーリムばかりか、自分の言葉を信じなかった海堂に対しても怒りを感じているため、食欲をそそる美味しそうな料理の数々がテーブルに並んでも、食べる気がまったく起こらなかった。

しかし、サーリムの機嫌を取ると心に固く決めた七海は、味気ない思いをしながら楽しそうに料理を口に運んだ。

そうして、表面上は賑やかな食事が終わり、今は食後酒として出された甘めの赤ワインを飲んでいる。

喉越しが柔らかなワインは、本当ならば美味《うま》いのだろうが、機嫌が悪いせいで味覚が麻痺《まひ》しているのか、旨《うま》みの欠片すら感じなかった。

「僕たちはそろそろ失礼させていただきます」

グラスを空にした海堂がサミーラを促し、静かに椅子から立ち上がる。

彼らがこのあとロンドンに戻るのか、またはどこかに泊まるのか、なにも聞いていない。

聞いたところでどうなるものでもなく、聞く気も起きない七海は無言で二人を見上げる。

「そうか、また近いうちにロンドンへ行くから、そのとき食事をしよう」

ソーブの裾を優雅に捌いて立ち上がったサーリムが、テーブル越しにスッと手を差し出す。

「ご馳走《ちそう》様でした」

サーリムと握手を交わした海堂が、七海をチラリと見てくる。

いくら海堂に怒りを感じているとはいえ、王女であるサミーラに座ったまま別れの挨拶をするのは失礼だ。

急ぎ立ち上がった七海が取り繕った笑みを浮かべて一礼すると、彼女は微笑み返してきた。

「おやすみなさい」

そう言って軽く頭を下げたサミーラの肩に手を回し、海堂は改めてサーリムに会釈して彼女とともにテラスから出て行く。

サーリムと二人きりになった七海は、さあどうしたものかと考えを巡らせる。

陽が沈んだばかりであり、夜の街に出てみたいと言い出しても不自然ではないはずだ。しかし、ここでねだるのはあまりにも唐突すぎる気がして、なかなか言葉にできない。

「ナナミは馬に乗れるか？」

再び腰を下ろした彼が、ワイングラスを片手に訊ねてきた。

彼に倣って座った七海は、急にどうしたのかと訝しがりながらもうなずき返す。

「数えるほどですが、乗ったことがあります」

正式に乗馬を習ったことがあるわけではないが、かつてロンドンに滞在していた際に知り合った子爵家の息子から誘われ、幾度か週末の乗馬を楽しんだのだ。

「それはよい。私は競走馬が好きで何頭も持っているのだが、引退した馬はこちらで遊ばせているんだ。血筋のよい馬ばかりで、遠乗りくらいはまだまだ充分にこなせる。これから一緒に砂漠に出てみないか？」

テーブルに片肘を乗せたサーリムが、軽く首を傾けてこちらを見てくる。

七海が食事のあいだ率先して会話に参加していたせいか、彼はことのほか機嫌がよさそうだ。

これは逃げ出す絶好のチャンスかもしれない。馬に乗っていれば、より逃走しやすくなる。

手綱を上手く扱える自信はないが、まったく経験がないわけでもなく、いざとなればどうにかなるものだ。

「馬に乗って砂漠を走ったことはありません。ご一緒させてください」

わざと弾んだ声で答えると、サーリムが満足げに笑った。

「では、行こう」

善は急げとばかりに立ち上がった彼から促され、七海は笑顔で従う。

逃げ出すチャンスが巡ってきた嬉しさに、無理やりつくることなく自然と笑みは浮かんできた。

彼はすぐさま肩を抱き寄せてきたが、七海は逆らうことなく並んで歩く。

今はこの程度のことを我慢するのは容易かった。

しばらく歩いて宮の外に出ると、彼は制服姿の男を呼び止め、馬の用意を命じる。

小走りで先を行く男のあとを、彼とともにゆっくりと進む。

陽が沈んで気温が下がり、アルコールで少し火照った頬に、吹き抜けていく風が心地よく感じられる。

(砂漠かぁ……)

夜の砂漠を馬に乗って駆け抜ける。想像したこともない世界を、これから体験できるのだ。

サーリムが自分におかしな執着をみせることなく、ただこの国に招待されて来ただけだったなら、もっと楽しめたように思えて残念になった。

間もなくして、先に走っていった男が、葦毛《あしげ》の馬の手綱を引いてこちらへ戻ってきたが、予想に反して一頭しか連れていない。

それも馬の背にあるべき鞍《くら》がない。よほど馬の扱いに自信があるのか、裸馬で遠乗りをするらしい。

別々に乗るものと思っていた七海は意気消沈する。一頭の馬に彼と乗ったのでは、逃げようがない。

もし逃げ出すチャンスができたとしても、鞍のない状態の馬に跨《また》がったことがないのでは、すぐ振り落とされてしまうのがオチだ。

遠乗りに出ても意味がない。しかし、今さら嫌になったと言えるわけがなく、七海は手綱を手渡してきた男の手を借りて先に馬の背に跨る。

「後ろに乗るぞ」

声をかけてきたサーリムが、ひらりと背後に飛び乗った。

すぐさま前に手を回して手綱を取った彼が、もう片方の手で七海の腹を抱え込んでくる。

背後から支えられたことで身体は安定したが、腿を引き締めていないと馬の背から滑り落ちそうになった。

「私にしっかり摑まっていろ」

そう言うなり手綱を緩めた彼が、馬の脇腹を蹴る。

背後から抱きかかえられている七海は、摑まれと言われたところで、どこに手を置けばいいかわからず、走り出した馬上でオタオタした。

「摑まらないと落ちるぞ」

耳元を大きな声がかすめ、慌てて腹を支えている彼の腕に摑まる。

自分から彼に触れたくなかったが、この状況ではそうせざるを得なかった。

そうこうしているうちに、いきなり景色が変わり、七海は慌てて振り返る。

すでに馬は王宮の外に出ていた。いったいどこから出たのだろうか。摑まる場所を探すことに気を取られていて、門を出たことにまったく気づかなかった。

それでも、正門から出たのではないことは確かだ。いくらなんでもあれだけの王宮の正門を通過して気づかないわけがない。

目の前に開ける光景から判断すると、王宮は砂漠の中にポツンと建っているか、正門の向こう側に市街地が広がっていて、後ろ側は砂漠という状況なのかもしれない。

どちらにしろ、二人を乗せた馬が駆け抜けているのが、柔らかく波打つ砂漠であることに間違いなかった。

しばらく馬を走らせたサーリムは、王宮が遥《はる》か彼方《かなた》に見えるところまで来ると、軽く手綱を引いて足並みを緩めさせる。

尻が弾み馬上から落ちないよう必死に彼に摑まっていた七海は、揺れが収まるとホッと息を吐き出して肩の力を抜いた。

「宝石のように美しい眺めだろう？」

彼の声にふと視線を空に向ける。

手が届きそうなほど近くに、煌めく無数の星があった。

「すごい……」

感動が大きすぎてその先が続かない。

言葉を失うとはまさにこのことだろう。

以前、旅行で南の島を訪れたときも、満天の星を見た。しかし、広大な砂漠の真ん中で見る星空は、比べものにならないくらい壮大だった。

「だが、そなたの美しさにはこの星空も及ばない」

柔らかな声音で囁いたサーリムに、耳たぶを軽く齧られる。

「んっ」

甘さをともなう痺れが走り、七海は思わず肩を震わせた。

「寒いのか？」

真面目に訊いてきたのか、からかってきたのか、声だけでは判断がつかない。

しかし、彼の一言に空気が冷たいと気づき、無意識に片手で腕を擦《さす》る。

「これを羽織っているといい」

不意に手綱を強く引いて馬を止めると、サーリムが自ら着ていたローブを脱ぎ、七海の肩にかけてくれた。

彼の体温が残っているローブにフワッと包まれた七海は、思わぬ気遣いを慌てつつも振り返って素直に礼を言う。

「ありがとうございます」

「愛するナナミに風邪をひかれては困るからな」

優しく目を細めてこちらを見つめてきたサーリムは手綱を軽く引き、ゆっくりとした足並みで馬を歩かせる。

幾度となく砂漠へ出ているのか、馬は一度も砂に足を取られることなく、手綱を操る彼の指示どおり優雅に走り、そして歩いた。

言葉を失うほど美しい満天の星の下、馬上で揺られながら愛を囁かれると不思議な気分になってくる。

幾度も辱めてきた彼をけっして許したわけではない。にもかかわらず、この遠乗りを楽しいと感じていた。

そんな自分が信じられない七海は、甘い言葉に流されるなと自身に言い聞かせ、率先して話題を変える。

「向こうに見える影のようなものはなんですか？」

軽く振り返って前方を指さすと、彼が肩にあごを乗せてきた。

「ああ、あれはオアシスだ。行ってみるか？」

サーリムはこちらの答えを待つことなく馬を駆る。

急に走り出した馬に慌て、七海は彼の腕をギュッと掴んで身体を支えた。

ほんの少し気を緩めただけで、馬の背から滑り落ちそうになる。

砂漠で生まれ育っているとはいえ、前に人を乗せて片手だけで手綱を操っている彼の身体が、まったく揺らがないことに感心した。

駆け抜ける馬の背に揺られること数分、いきなり緑豊かな一画が現れる。

青々と葉を茂らせる木々の根元には、たっぷりの水を湛《たた》えた泉があった。

見渡す限り砂が広がる砂漠の中にポツンと存在するオアシスの泉は、映り込む満天の星によって輝いて見える。

「きれいだ……」

七海はまたしても言葉を失う。

風に流される細やかな砂、零れ落ちそうな無数の星、そよぐ木々の葉、輝く泉、目にするすべてのものに目を奪われた。

「馬を休ませるから下りるぞ」

手綱を手渡してきたサーリムが、ソーブの裾を翻して馬から下りる。

「手伝ってやるから掴め」

馬の首を撫でてあやしながら、彼が片手を差し出してきた。

どこかに掴まらなくてはひとりで下りられそうになく、七海は彼の手を借りようと身体の向きを変えた。

とそのとき、唐突に嘶《いなな》いた馬が前脚を蹴り上げ、不安定な七海の身体が大きく傾ぐ。

「うわっ」

咄嗟に両手でたてがみを摑み落馬を逃れた。

しかし、ホッとしたのもつかの間、新たな難に襲われる。再び嘶いた馬が暴走したのだ。

煽《あお》られたローブが肩から脱げ、砂の上に落ちる。

「わあ――――」

ローブに構っている余裕などなく、ただ喚きながら馬の首にしがみつく。

「ナナミ、手綱を引け、思い切り引くんだ」

背後からサーリムの叫ぶ声が聞こえてくるが、たてがみを摑んだ拍子に手綱を手放してしまった七海は指示に従えない。

馬の背から落ちないようにするのが精一杯で、手綱へ手を伸ばすこともできなかった。

「助けて……サーリム……」

馬の暴走が収まらず彼に救いを求める。

しかし、たとえアスリートであっても疾走する馬には追いつけない。サーリムとの距離はどんどん広がっていく。

砂漠の砂はとても柔らかそうで、放り出されても大きな怪我をしないですみそうだ。

先日、二階の庇から砂の上に飛び降りている七海は、いっそのこと自らたてがみを離してしまおうかと迷う。

「ナナミ、手を離すな。そのまま摑まっていろ」

かなり遠くから聞こえてきたサーリムの声に落馬が危険だと感じ、改めてたてがみをしっかりと摑み直す。

いつ馬は足を止めるのだろうか。サーリムは追いついてくれるのだろうか。不安に駆られながらしがみついていると、前方に黒いなにかの集団が見えてきた。

馬は真っ直ぐそちらに向かって走っていく。このままでは衝突してしまうだろう。

「止まってくれ、頼むから」

声をかけたところで、か細い声が馬の耳に届くわけもなく、どんどん前方に見える集団が近づいてくる。

「このままじゃ、ぶつかる……」

恐くて前を見ていられなくなり、七海はギュッと目を瞑った。

風を切る音だけが聞こえ、もうサーリムの声も届いてこない。

「うわっ」

急激な振動に驚いてパッと目を開けると、黒い馬に乗った黒ずくめの男たちに周りを囲まれていた。

十名くらいはいるだろうか。その男たちが口々になにか叫ぶが、彼らの言葉がまったく理解できない。

ただ、彼らが馬の暴走を阻止し、必死に宥めてくれていることだけはわかった。

「ありがとうございました」

英語が通じるかどうか不安だったが、とにかく馬を止めてくれたことに感謝した七海は、黒ずくめの男たちに何度も頭を下げる。

と、馬上の男たちが不躾な視線を向けてきた。穴のあくほどジッと見つめられ、思わずこちらも見返してしまう。

全員が黒いソーブに黒いローブを重ねている。肌がかなり浅黒く、一様に髭《ひげ》を生やしているせいか、目を凝らさないと顔の判断がつかない。

彼らの後方に、連なる馬車が見える。キャラバンと呼ばれる一隊だろうか。それにしては、男たちが厳《いか》めしい。

どういった集団なのだろうかと考えていると、片手をスッとローブの中に入れたひとりの男が、次の瞬間、こちらに拳銃《けんじゅう》を突きつけてきた。

「なっ……」

腰に巻いたベルトにでも挟み込んでいたのだろうか、あまりの素早さに七海は息を呑んで硬直する。

どうやら味方ではなかったようだ。一難去ってまた一難といったところだ。

「ナナミ――」

遠くから聞こえてきたサーリムの声に、咄嗟に振り返るが姿は見えない。

それでも目を凝らしていると、ようやく白いソーブ姿が小さく見えてきた。

しかし、安堵するのはまだ早い。多勢に無勢だ。そのうえ、黒ずくめの男のひとりは拳銃を手にしている。他の男たちも武器を携えている可能性が高い。

「サーリム……」

仮にも愛を囁いてきた男だ。助けに来てくれないわけがないだろう。

こんなところで死にたくはない。生きて日本に帰れるかどうかは、サーリムにかかっている。

すべての希望を彼に託して祈ったが、彼の姿は今以上に大きくならない。

「サーリム？」

こちらの状況を目にした彼は足を止めてしまったのだ。

いくら目を凝らしても、彼は微動だにしない。ソーブを風にはためかせながら、その場に立ち尽くしている。

これまで彼が口にしてきた愛の言葉の数々を、もとより信じてはいなかったが、現実として見捨てられた七海は大きく落胆した。

「なっ」

銃口で頬をピタピタと叩かれ、我に返って身震いしたとたん、馬上から引きずり下ろされてひとりの男に担がれる。

叫び声をあげそうになったが、そんなことをすればこの場で撃ち殺される。そう感じて恐怖に耐えた。

言葉が通じない黒ずくめの男たちは、自分を捕らえてどうするつもりでいるのか。

生きて解放されることはあるのか。

まったく想像できない七海は、声をあげないよう歯を食いしばりながらも、担ぎ上げている男の腕の中でガクガクと震えていた。

第十二章

黒ずくめの男たちに捕らえられた七海は、簡素なテントの中で眠れないまま震えて一夜を明かした。

銃口を向けられる中、二人がかりで両手と両足を縄で縛られたうえに、筵《むしろ》のようなざらついた布の上に転がされ、そのまま放置されたのだ。

パスポートや財布はもちろんのこと、履いていた靴も靴下まで脱がされ、男たちに持ち去られてしまった。

そのあたりは徹底していたが、見張られている様子はなかった。

実際、逃げ出したくても、後ろ手にしっかりと縛られているため、起き上がってテントの外に出るのは難しい。

仮にここから逃げ出せたとしても、外は一面の砂漠だ。手足を縛られたまま素足で、遠くに行けるわけがなかった。

砂漠でのたれ死にするのがおちだとわかっていて、それでもなおかつ逃げ出すほどの勇気もなく、男たちの出方を待つしかなかった。

理解できない言葉を話すあの男たちが何者なのか、いまだにわからない。

ただ、武器を所持しているだけでなく、有無を言わさず拘束するという手荒い真似をした彼らが、真っ当な集団でないことは察せられた。

「これからどうなるんだろう……」

その場で殺されることなく、捕らえられたのだから、なにか理由があるはずだ。

あのとき、追いかけてきたのがシャラフ王国の王子だと気づき、身代金目的で拉致したのだろうか。

せめて、少しでも彼らの言葉が理解できれば、気の持ちようも違ってくるのだが、なにひとつ把握できていない状況だけに、不安ばかりが募っていく。

「置き去りにしてったサーリムが、僕のために身代金を払ってくれるわけないよな……」

砂漠の真ん中で足を止め、その場に立ちすくんだサーリムの姿が、七海の目に焼きついて離れないでいる。

あの場で頼れるのは彼だけだったのだ。それなのに彼は捕らえられているのを知りながら、助けてくれなかった。

「なにが生涯、愛するだよ……」

サーリムの言葉を思い出すだけで腹が立つ。

愛があるなら助けて当然だろう。よくもまあ見捨てたものだと、怒りが湧くとともに甚だ呆れる。

所詮《しょせん》、身体が目的だったのだ。気休めに愛の言葉を囁いただけで、ハーレムにいるであろう女性たちと同じく、セックスの相手としか見ていなかったのだ。

慰み者にするため手に入れた自分など、命がけで助ける価値もないということだろう。

陵辱されて憎しみを抱きながらも、ときおりサーリムが見せる優しさや真摯さに、心を開きかけていた。

「馬鹿みたいだ……」

はなからイカれた男だとわかっていたのに、いっときとはいえ絆《ほだ》されそうになった自分に呆れるだけでなく、悔しさやら怒りやらがない交ぜになって湧き上がってきた。

「起きているか？」

いきなり聞こえてきた英語に、打ち拉《ひし》がれていた七海がハッと我に返り、声の主に恐る恐る目を向けると、賊の頭領らしき男が入り口を覆う幕を片手で捲り上げていた。

「腹が減っただろう？」

そう言いながら男は幕を完全に捲り上げ、片手に小さな袋を持ってテントの中に入ってくる。

やはり、彼も頭の先から足下まで真っ黒だ。腰に巻いているベルトには、短刀を納めた鞘《さや》が下がっている。

昨晩、自分を取り囲んだ男たちの中にいたひとりだろうか。そんなことを思いつつ見上げていると、男が横になっている七海の前に片膝をつき、手にしている袋を脇へ置いた。

「身体を起こせ」

腕を摑まれ、無理やり起き上がらされる。

（言葉が通じる……）

七海は恐怖に身を強ばらせながらも、男の流暢《りゅうちょう》な英語とどこか穏やかな雰囲気に、すくなからず安堵を覚えた。

「名前はなんという？」

正面から背中に手を回してきた男が、両の手首を縛っている縄を解き始める。

解放してもらえるのかと一瞬、喜んだが、解いてもらえたのは手首だけで、足はそのままにされ落胆した。

「七海です」

この状況でフルネームを名乗っても意味はないように感じ、名前を教えるだけにとどめた。

「ナナミは日本人か？」

さらなる問いかけに七海が小さくうなずき返すと、男は目の前で腰を下ろし片膝を立た。

「日本人の口に合うかどうかわからないが、腹を空《す》かしたままでいるよりはましだろう」

脇に置いた袋を取り上げた男が、それをポンと放り投げてくる。

さして空腹は感じていなかったが、七海は素直に受け取って袋を開けた。中から香ばしい匂いが漂ってくる。さっそく取り出してみると、インドのナンによく似た形状のものに、焼いて薄切りにしたなにかの肉が挟まっていた。

男は興味深げにジッとこちらを見ている。あまり食べたい気分ではなかったが、無駄に男の機嫌を損ねてはいけないと、両手で持って口に運ぶ。

「どうだ？」

「美味しいです」

お世辞ではなく、本当に味も食感もよかった。

ひと口、またひと口と齧っていくうちに食欲がそそられ、気がつけば完食していた。

「この状況で食べきるとは、なかなか気丈だな」

七海の食べっぷりを見た男が、感心したように笑いながら、ベルトに挟んだ布を抜いて差し出してくる。

手を拭けということなのだろうと察し、有り難く借りて汚れた指先を拭った。

「美しいだけでなく気丈な日本人は珍しいから、さぞかしナナミには高値がつくだろう」

穏やかな物腰と口調とは裏腹に、恐ろしい言葉を口にした男を七海は驚愕の面持ちで見返す。

「この国では同性愛が禁じられているが、実際には若い男を好む者が多くいる。富裕層は後腐れなく始末できる男を、闇市で手に入れるんだよ」

意味ありげに笑ってあごを捕らえてきた男に、クイッと顔を上向かされた七海は大きく喉を上下させる。

この男は、自分を売るつもりなのだ。誰とも知らぬ男の手に渡り、慰み者にされる。そんな恐ろしいことが、今の世に横行していると知り愕然とした。

「お願いです、僕を解放してください。男に売られるなんて嫌です」

七海は恥を忍んで男に縋りつく。

人間を物を買うようにして手に入れる男に、嬲られるだけ嬲られたあげく殺されるなど、あってはならないことだ。

しかし、現実として非道な行為が行われているのならば、男に買われて命を失っていった若者たちと同じ人生を、自分も歩むことになってしまう。

そんなことは我慢ならない。まだ、優しさが垣間《かいま》見えるサーリムのそばにいたほうがましだ。

「お願いです……」

必死に懇願する七海を、男が思案げな顔で見つめてくる。

「確かに闇市に出品するには惜しいな」

考えを変えてくれそうな男の様子に、七海は希望の火が見えた気がした。

悪事に手を染めていながらも、この男は根っからの悪人ではないのかもしれない。

説得すれば逃がしてくれる可能性がある。そう考えた七海はさらに救いを求めようとしたが、男に先を越された。

「俺を楽しませられたら、人でなしの男たちに売らないでいてやろう」

そう言って唇の端をいやらしく引き上げた男が、いきなり押し倒してきた。

「なっ……」

思いも寄らない展開に慌てた七海は、必死の形相で男の胸を両手で押し返す。

男の本性を見抜けずに、救いを求めた自分が愚かに思えてならない。

しかし、嘆いている場合ではなかった。この男にまで辱められたくない七海は、渾身の力を両手に込める。

「やめろ、僕から離れろ！」

大声をあげたが、それをすぐに後悔した。

「気丈に振る舞うのはけっこうだが、ほどほどにしておけ」

腰に提げた鞘から短刀を引き抜いた男が、切っ先を喉元に押しつけてくる。

「ひっ」

喉を鳴らして硬直した七海は、力なく両手を落とす。

男の顔には笑みが浮かんでいるが、瞳にはあきらかな殺気が宿っている。

ちょっとでも抵抗しようものなら、躊躇うことなく切っ先で喉を掻ききってくることだろう。

人身売買をやっているような男が、まともであるはずがない。

そんな男を、なぜ根っからの悪人ではないなどと思ってしまったのだろうか。人を見る目がないにもほどがある。そんな自分が今さらながらに情けなくなった。

「まずは味見をさせてもらう。俺に気に入られるようせいぜい頑張るんだな」

短刀の切っ先を頬に移し、ピタピタと叩いてくる。

恐怖におののく七海は、息を詰めて男を見上げた。喉がカラカラに渇いて声すら出てこないばかりか、全身がガタガタと震え始める。

「さすがに恐ろしくなったか？」

怯えた様子を男が面白がって笑う。

切っ先を頬にあてたまま、空いている手でローブの中からなにかを取り出した。

七海は震えながらも必死に目を凝らす。男が手にしているのは、丸くて平らな小さい容器だ。

「おまえも楽しめるようにしてやろう」

男が意味ありげに口角をクッと引き上げ、容器のフタを指先で弾いて開ける。

「これがなにか知りたいか？」

男の問いかけに、彼の手元を凝視したままコクリとうなずく。

「俺たちの部族に古くから伝わる媚薬だ。どんなに貞操観念が強い女でも、これを一塗りするだけで娼婦《しょうふ》に変わる」

媚薬の恐ろしさを身をもって体験している七海は、一瞬にして血の気が引いた。

あんな辛い思いをするのはもうたくさんだ。

「嫌だ！」

淫らな獣と化した自分の姿が脳裡を過ぎった瞬間、男の手にある容器を叩き飛ばしていた。

遠くに弾き飛ばされて地面に落ちた容器が、コロコロと転がっていく。

それを横目で見た男が怒りに目をつり上げ、頬を平手打ちしてきた。

「くっ……」

目の前がチカチカとするほどの衝撃で、顔が激しくそっぽを向いた。

叩かれた頬から強烈な痛みが湧き上がり、知らずに溢れた涙がこめかみを伝い落ちる。

「大人しくしていれば可愛がってやったものを」

男にシャツの襟を摑まれ、強引に身体を起こされる。

平手打ちの衝撃が強すぎ、頭がグラグラして焦点が定まらない。

抵抗もできないまま、脱がされたシャツで両手を後ろで縛り上げられ、さらには短刀の切っ先でジーンズのボタンを弾き飛ばされた。

（サーリム……助けて……）

憎くてならないはずのサーリムの顔が浮かび、無意識に救いを求めていた。

しかし、そんな思いなど彼に届くわけがなく、容赦なく男の手がジーンズを脱がしにかかる。

さすがに七海は焦ったが、平手打ちの衝撃がまだ残っているうえ、両の手足を縛られていては抗いようがない。

あっという間に、ジーンズと下着を足首まで下ろされる。

わざわざ縄を解いてまで服を脱がすつもりがないのか、ジーンズと下着が足首に引っかかったままという、みっともない姿にされた。

「日本人の肌はどうしてこうも美しいのだ？　女以上に滑らかだな」

胸に手を置いた男が、下腹へ向かって撫で下ろしていく。

ゴツゴツとした手の感覚に、新たな震えが走る。

「やめ……て……」

声を振り絞ったところで耳を貸してくれるわけもなく、男は転がった容器を拾い上げると、中身を指先ですくい取った。

「生意気な真似をした罰として、たっぷり塗り込んでやろう」

鼻で笑った男が、媚薬を乳首に塗り込めてくる。

「感じるのか？」

むず痒《がゆ》くて身を捩った七海を、男は嘲るように見下ろしてきた。

そんなわけがないと反論したかったが、指先で乳首をキュッと摘まれ、息とともに出かかった言葉を呑み込んでしまう。

「んっ……」

「この感度のよさなら媚薬など使わずとも充分に楽しめそうだが、せっかくだから可愛いこちらにも塗ってやるか」

楽しげに言いながら、男が中心部分へ触れてきた。

恐しくて萎えているそこも、媚薬を使われてしまえば、意思とは関係なく淫らに頭をもたげることだろう。

それを見て喜ぶ男を想像するだけで、どうにもできない悔しさと憐れさから涙が溢れる。

「うん……」

男がまだ柔らかな先端部分を無理やり押し広げ、開いた鈴口の内側に媚薬を塗り始めた。

奥深くを抉《えぐ》るようにして何度も何度も塗ってくる。媚薬が効いてくるより早く、どこよりも敏感なそこを擦られる感覚に、中心部分が熱くなっていくのを感じた。

「日本人のここはみな、こんなに可愛い桜色をしているのか？」

男がこちらに視線を向けてきたが、七海は熱が高まり始めてきた己を抑え込むのに必死だ。

黙っているのが気に入らなかったのか、男が執拗に指先で鈴口を責め立ててきた。

粘膜に直接、塗り込まれたせいか、媚薬の効き目がことのほか早いようだ。

疼き出したそこを指先で刺激された七海自身は、いくらもせずに力を漲らせる。

両の乳首もやけに熱っぽく、掻きむしりたいほどウズウズしていた。

「やっ……」

「気持ちよいのだろう？　すっかり硬くなっているぞ」

硬く張り詰めた中心部分を片手で握った男に、根元から先端へ向けて扱き上げられる。

下腹の奥にズンと響くほどの快感が走り抜け、七海は男の手から逃れようと身を捩った。

「腰を振りたくなるほど気持ちがよいのか」

わざとからかいの言葉を口にしてきた男を、涙の滲んだ瞳で睨みつける。

しかし、手足が出せない状態の相手から、いくら睨まれたところで痛くも痒くもないだろう。

男はククッと楽しげに笑い、好き勝手に張り詰めた中心部分を弄ぶ。

いたぶられるほどに快感が強まっていく。媚薬を使われた身体は、もう自分のものではなくなっていて、いくら我慢しようとしても快感に打ち震えた。

いつ終わるともしれない屈辱的行為に、唇を嚙みしめて耐えていると、にわかにテントの外が騒がしくなってきた。

「なにごとだ？」

手を止めた男が短刀を握り直して入り口を振り返る。

顔を覗かせてきた黒ずくめの若い男がなにか叫ぶと、怒り心頭でギリギリと歯ぎしりをして切っ先をぐさりと地面に突き刺した。

状況が読めない七海は、息を吞んで彼らを見つめるしかない。

「どうやら遊んでいる場合ではなくなったようだ」

こちらを一瞥してきた男が、短刀を地面から引き抜き、サッとその場に立ち上がる。

とそのとき、入り口に立っていた若い男が、いきなり大きな音を立てて倒れた。

それを目にした男が、短刀を握り締めて身構える。

テントの外では怒号が飛び交い、剣を交える高い金属音が響き渡っていた。

いったいなにが起こったのかさっぱりわからず、七海は尋常ではない事態にただただ裸で震えるばかりだ。

「ここか？」

耳に届いた聞き覚えのある声にハッとして目を見開くと、純白の民族衣装と長剣が見えた。

まさかと思いつつも、七海は息を詰めて入り口を見つめる。

すると、長剣でテントの幕を切り裂きながら、サーリムが中に入ってきた。

「ナナミ……」

彼がこちらを見て愕然とした瞬間、それまでジッと様子を窺っていた男が勢いよく斬《き》りかかっていった。

「サーリム！」

七海は咄嗟に叫んだ。

その声を聞いてサーリムは我に返ったのか、男が振りかざした短刀を頭上に構えた長剣で間一髪、受け止める。

そこから、短刀と長剣による戦いが始まった。間近で声を張りあげながら剣を交える二人の男を、七海は身を縮めて凝視する。

激しく刃《やいば》がぶつかり合う音を響かせ、彼らは一進一退を繰り返す。どちらが有利なのか、見ていてもさっぱり見当がつかない。

テントの外から聞こえてくる騒ぎも大きくなるばかりで、震えながら見守るしかない七海の鼓動はどんどん速まっていく。

「あっ」

男の一撃にサーリムがよろめき、思わず声をあげて目を固く瞑った瞬間、ドサリと大きな音が聞こえ、剣を交える音が止まる。

状況から考えると、サーリムが倒されたような気がしてならない七海は、恐くて目を開けられない。

「ナナミ……」

近くから自分を呼ぶ声が聞こえて、恐る恐る瞼を上げる。

「もう大丈夫だ」

柔らかな笑みを浮かべた彼が、下着とジーンズを引き上げ、足首を縛る縄を長剣と替えて短剣で切ってくれる。

さらには身体を抱き起こして、手首に巻かれたシャツを解いてくれた。

「怪我はないか？」

羽織っていたローブを脱いで身体をくるんでもらったとたん、緊張の糸がプッツリと切れた七海は、彼にしがみついて声も憚《はばか》らずに泣いた。

「サーリム……サーリム……」

「さあ、帰ろう」

逞《たくま》しい腕でそっと抱き上げられる。

テントの外に出ると、幾人もの黒ずくめの男たちが砂の上に倒れ、強い陽差しに晒されていた。

その周りを、シャラフ王国の兵士と思われる、サーリムと同じく白い民族衣装を身に纏い、それぞれに武装した屈強な男たちが囲んでいる。

サーリムが母国語でなにごとか命じると、いっせいに姿勢を正した彼らが機敏に動き始めた。

倒れている黒ずくめの男たちを縛り上げ、次から次へと引っ立てていく。しばらくすると、テントの中からあの男が引きずり出されてきた。

自分を慰み者にしようとしていた男から七海が咄嗟に目を逸らすと、怖がっていることを察したらしいサーリムが、サッと背を向けて歩き出す。

難からは逃れたものの、七海はいまだ恐怖に身体が震え、涙が止まらないでいる。

「サーリム……」

声を震わせながら呼びかけると、しっかりと抱きかかえてくれている彼が、もう心配はないと

言いたげに優しく微笑んでくれた。

ざわめきが少しずつ遠ざかっていくにしたがい、七海は馬に向かって歩いていくサーリムの腕の中で、ようやく落ち着きを取り戻し始めていた。

第十三章

浴場で女官に為《な》されるがまま身体を清めてもらい、ソーブを身に纏った七海は、サーリムの寝室に案内されるなり彼を詰《なじ》った。

「どうして昨夜は助けてくれなかったんですか？　僕があの男たちに捕まったのがわかっていながら、どうして……」

窮地を救ってくれたのはサーリムに他ならない。非難めいた言葉を口にするのは間違っているとわかっている。

それでも、死ぬほど恐ろしい思いをした七海は、彼を責めずにはいられなかったのだ。

「すまなかった。だが、武装しているとわかっている彼らに、あの場で立ち向かっても私一人では救うことができない。だから、夜明けを待ち、完全武装して出直すことにしたのだ。奴らがすぐ、そなたを手にかけないだろうことはわかっていたからな」

長椅子から立ち上がったサーリムが、静かな足取りで歩み寄ってくる。

「奴らはこの一帯で名高い盗賊の一味なのだが、神出鬼没でなかなか捕まえられないでいた。七海に手を出したからには二度と牢獄から出る事はないだろう」

目の前で足を止めた彼が、そっと伸ばしてきた手で頬に触れてきたが、七海はすかさずその手を摑んだ。

「だからって……拳銃を突きつけられてるのに見捨てられて……僕はもう……」

恐怖が蘇り、言葉を続けられなくなる。

「すまなかった……そなたを生きて連れ戻したい。私の願いはただそれだけだったのだ」

サーリムが両手でひしと抱きしめてきた。

「愛するそなたを死なせたくなかった。再びこの手に抱けなくなるようなことだけは避けたかった……剣を手にすぐさまそなたのもとに戻りたかったが、夜の砂漠で奴らと戦えば、そなたが巻き添えになりかねない。私は今日ほど夜明けまでの時間を長く感じたことがなかった……」

耳元で語る彼の声が震えている。

自分のことをどれだけ心配してくれていたのかが、伝わってきた。

彼の思いも知らずに詰ってしまった自分を心から恥じる。彼の愛は本物だったのだと、ようやく気づいた。

「ナナミ……」

さらに力強く抱きしめてくる彼に、七海は素直に身を任せる。

広い胸に抱かれていると安堵感に包まれた。初めて抱きしめられることに喜びを感じた。

「サーリム……」

七海は不意に彼の腕の中で身じろぐ。

男に使われた媚薬の効き目がまだ残っていたのか、急に身体が疼き出したのだ。

女官に身体を洗ってもらっている最中は、腰に巻かれた薄い布の内側で己自身は大人しくしていた。

とっくに効き目は切れたと思っていたのに、気持ちが落ち着いたとたんに、そこかしこに熱が舞い戻ってきた。

「どうした？」

腕を緩めたサーリムが、少し首を傾げて顔を覗き込んでくる。

真っ直ぐに見つめられ、いっそう激しく身体が疼いた。

熱く脈打ち始めた己自身が、ソーブの中で頭をもたげてくるのがわかる。

柔らかな絹に擦られる乳首も、はしたなく尖っていた。

この疼きが媚薬のせいなのか、彼に見つめられたせいなのか、七海は自分でもわからなくなっている。

「あの……僕……」

熱が高まっていくいっぽうの身体を、きっと彼ならば宥めてくれるだろう。

しかし、自分から彼を求めることには躊躇いがあった。

「身体が熱いな？」

いっこうに逸れない彼の瞳から、七海はスッと視線を外す。

彼が熱い眼差しを向けてくるのは、これが初めてではない。それが、今日は見つめられるのをやけに恥ずかしく感じる。

サーリムは自分を拉致し、犯してきた憎い男だ。

一方的に寄せてくる思いを、あれほど迷惑がっていたではないか。

そんな彼をどうして欲してしまうのだろうか。

自分で自分の気持ちが理解できないでいる七海は、彼を求めて激しく疼く己の身体を持て余し始める。

「私が飛び込んでいったときそなたは手足を縛られていたので、手遅れにならずにすんだと安堵していたが、もしやあの男に媚薬を使われたのか？」

逸らした顔を片手で正面に戻され、瞳をジッと見つめられた七海は、恥ずかしさに頬を染めながらも小さくうなずき返した。

「可哀想に……身体が疼いているのだな？」

さらなる問いかけにも、首を縦に振ったが、さすがに目を合わせていられず視線を落とした。

「そなたの身体が満足するまで存分に愛してやろう」

屈み込んだ彼に抱き上げられ、ベッドへと運ばれる。

抗う気持ちはまったく湧いてこない。それればかりか、早く火照る身体を宥めてほしくて、自ら彼の首を両手で絡め取った。

「愛するそなたを再びこの手に抱ける悦びで、私の胸はいっぱいになっている」

ベッドへ横たわらされた七海は、感無量といった感じのサーリムを微笑んで見上げる。

彼の言葉がスーッと心まで浸みてきた。愛されていることを、素直に嬉しいと感じた。

「ナナミ……」

こちらを見つめながらすべてを脱ぎ捨てた彼が、ベッドへ上がってくる。

七海は初めて彼の裸を直視した。

広い胸と二の腕は、ほどよく筋肉が盛り上がっている。余分な肉がいっさいついていない、均整の取れた彫像のごとく美しい身体にしばし見惚れた。

しかし、豊かな黒い繁みの下で、すでに隆々と天を仰いでいる彼自身が目に入ると、急激な恥ずかしさが襲い、思わず視線を逸らした。

「さあ、そなたのすべてを見せてくれ」

身体を跨いできた彼が、ソーブの裾を摑んで捲り上げてくる。

為されるがままに両手を上げると、身体を覆っていた唯一のソーブをあっという間に脱がされた。

「あの男になにをされた？」

跨いだ脚の上に尻を落としてきた彼が、前屈みになって両手を七海の胸に乗せてくる。

たったそれだけのことに、みぞおちのあたりに鈍い疼きが生じた。

と同時に、股間の熱がさらに高まる。

「なにも……薬を塗られただけで……」

「どこに塗られたのだ？」

身体を宥めてくれるはずなのに、意地悪な問いを向けてくる彼を、七海は困り顔で見上げた。

自分で言うのが恥ずかしくて黙っていると、彼が首を傾けて答えを促してくる。

「胸……」

消え入りそうな声で答えたとたんに指先で両の乳首を摘まれ、ヒクンと肩が跳ね上がった。

「やっ……」

「ここの他は？」

摘んだ両の乳首を軽く引っ張られる。

「下のほう……」

さすがにもうひとつの場所は口にできず、曖昧《あいまい》な言葉で濁した。

「下ではわからないぞ？」

媚薬の使い方を心得ているサーリムに、わからないはずがない。

わざと言わせようとしているのだと察した七海は、恨めしげな視線を彼へ向けた。

「触ってほしいところがあるのだろう？　素直に言うがいい」

答えを迫る彼は、硬く凝った乳首を弄り続ける。

言わなければ、この先はないとでも言いたげに、小さな突起を指先で撫で回し、ときどき弾《はじ》いてきた。

「んっ……あぁ……」

胸全体にたまらない快感が広がり、震えが走り抜けると同時に、下腹を打つほどに硬くなっている己自身もが熱く疼く。

早く触ってほしくてしかたない。大量の媚薬を塗り込められた鈴口の奥深くを、嫌というほど擦ってほしい。

「僕の……」

意を決して口を開いたが、やはり羞恥心が勝って言葉にできなかった。

「ナナミ？」

「お願い……僕の……触って……」

「だから、どこを触ってほしいのかと聞いているのだ」

今日のサーリムはどこまでも意地が悪い。

焦れきっている先端部分からは、触れてさえいないのに甘い蜜が溢れ始めている。

もう一秒も待てない。今すぐ触ってもらえなければ、おかしくなってしまうだろう。

「ここ……」

乳首を嬲る彼の手を、震える指先で掴み己自身へ導く。

「先っぽが……熱くて……もう我慢できない……」

やっとの思いでそう言った七海は、彼の手に己の先端部分を握らせ、急かすように腰を妖しく揺らめかせた。

「なるほど、ここを弄ってほしいのだな？」

顔を綻ばせたサーリムが、親指の腹を鈴口にグイッと押しつけてくる。

「はぅ」

蜜に濡れたそこは痛みを感じることなく、強烈な快感だけに支配された。

「あぁ……もっと……もっと強く……」

熱い吐息混じりでねだった七海の望みに、彼がすぐに応えてくれる。

さらに深く押し込んできた指先で、鈴口の内側を抉るように擦られ、かつて味わったことがない全身を痺れさせる快感が湧き上がった。

「んんっ……あぁっあっ……いい……そこ……」

集中的に鈴口を責められる七海は、自分の口から零れる淫らな喘ぎに煽られ、次第に我を忘れて溺《おぼ》れていく。

「ナナミ、キスを」

鈴口を刺激しながら隣に身体を横たえてきたサーリムが、息も触れ合う距離で囁き、唇を塞《ふさ》いできた。

止めどなく湧き上がってくる快感に身悶えていた七海は、重ねられた唇を抗うことなく受け止める。

甘噛みされる唇も、絡め合う舌も、なにもかもが気持ちいい。

すべての意識が強烈な快感を生み出す鈴口に向かい、靄《もや》がかかり始めた頭では快感以外のことが考えられなくなっている。

「んんっ……んっ……」

唇を重ねたまま、下腹を波打たせて快感を貪った。

間もなくして、ただならない射精感が内側からせり上がってくる。

熱く脈打つ中心部分は、はち切れんばかりに硬く張り詰めていた。

「もう我慢できないか？」

腰をもどかしげに前後させる七海の瞳を、唇を離したサーリムが覗き込んでくる。

「イキ……たい……」

早く解き放ちたくてしかたない七海は、しがみついてせがんだ。

「わかった」

短い答えに安堵したが、なぜか彼は射精を待ち望む欲望の塊から手を離してしまう。

この期に及んでも意地悪をしてくるのだろうかと、不安を宿した瞳で見返すと、彼が安心させるように柔らかに微笑んだ。

「そなたとともにイキたいのだ、少し辛抱してくれ」

サーリムは理解してくれとばかりに、熱く脈打つ屹立《きつりつ》を七海の内腿に擦りつけてきた。

彼から与えられる快感だけを貪っていた七海は、相手の状態を無視していた自分に気づいて恥ずかしさを覚える。

身体の熱が高まっているのは自分だけではない。彼も同じように昂《たかぶ》っているのだ。

サーリムと一緒に達することの意味など、これまで考えてもみなかった。

一方的に快感を与え、無理やり貫いてくる彼は憎いばかりで、身体は満足しても心が満たされることはなかった。

彼とは二度と身体を繋げたくないし、触られたくもない。そんな思いしかなかったが、不思議なことに今日は違った。

「サーリム……」

彼の気持ちに応え、七海は自ら身体の力を抜く。

「いい子だ」

こちらの思いを察してくれた彼が目を細め、唾液をたっぷりと絡ませた指を尻のあいだに差し入れてくる。

「んっ」

軽く秘孔を撫でた指先が、ツッと柔襞を割って入ってきた。

ちょっとした痛みと異物感に、七海は身体が強ばる。

「きついな……」

小さくつぶやいた彼が、指をゆるゆると進めてきた。

深く差し入れたところで、柔襞を解《ほぐ》すように指を回転させながら抜き差し始める。

硬い窄まりを押し広げられるのは、気持ちがいいものではない。

しかし、少しでも痛みなく彼を受け入れるためにはしかたがないのだと、七海は顔を顰めつつも我慢する。

「ん……くっ」

いきなり指を二本に増やされ、息苦しさにあごが上がった。

「ここは媚薬を塗られなかったのか？」

耳元に唇を寄せてきた彼に問われ、七海は唇を噛みしめたままコクコクとうなずく。

と同時に、灼熱の塊を難なく受け入れてしまう身体に変える媚薬の恐ろしさを、改めて思い知らされる。

もしもあの男が媚薬を秘孔に塗っていたら、自分はどうなっていたのだろう。

あと少しサーリムの到着が遅れていたら、媚薬によって疼き出した身体を持て余した自分は、あの男に貫かれて悦びを得ていたかもしれない。

考えるだけでも身震いが起きる。サーリムが間一髪、救い出してくれたことを、今さらながらに有り難く感じた。

「まだ少しきついかもしれないが、我慢してくれ」

どこか切羽詰まった響きを持つ声で言った彼が、二本の指をそっと引き出していく。

異物が抜け出ていく不快な感覚に七海は眉根を寄せる。

「んんんっ……」

「ナナミ、挿れるぞ」

膝立ちになって七海の両脚を担ぎ上げたサーリムが己の怒張を秘孔に宛《あて》がい、ググッと腰を押し進めてきた。

「あああああ──っ」

灼熱の楔を打ち込まれたそこから、身体を引き裂かれるような衝撃が脳天を突き抜け、大きく背を反り返らせた七海は咄嗟に両手でシーツを摑んで痛みに耐える。

「んんっ……ん……」

奥深くまで貫いたところで尻を落とし、七海の足を両腕に抱え込んだ彼に、腰をグイッと引き寄せられた。

「あうっ」

新たな痛みが生まれ、額《ひたい》に玉のような汗が浮かぶ。

中に感じる彼自身が、大きくて熱い。

苦しくてしかたないのに、その熱が気持ちよく感じられる。

彼を受け入れているそこは媚薬を使われていないが、身体が内側から溶けていってしまいそうな感覚に陥っていた。

「ナナミ……そなたの中はなんとも心地よい……」

大きく息を吐き出したサーリムが、射精を待ち侘びて揺れ動く七海自身を握り取ってくる。

「んふっ」

急に舞い戻ってきた快感に、七海は甘声をもらして腰を捩った。

彼が熱い塊を扱いてくれながら、ゆっくりと抽挿を始める。

柔襞を擦られるたびにピリッとした痛みが走るが、扱かれる中心部分からはとめどない快感が溢れてきた。

痛みと快感を同時に感じている七海は、顔を歪《ゆが》ませたり、うっとりしたりと忙しい。

しかし、それもあまり長くは続かなかった。リズミカルな抽挿によって、痛みはいつしか快感に変わったのだ。

「あ……はっ……んんっん……」

前後から湧き上がってくる快感が気持ちよくてたまらない。

あれほど嫌だった行為を、今はこれっぽっちも嫌だと思っていないばかりか、サーリムに貫かれて紛れもない悦びを味わっていた。

「サーリ……ム……もっ……出……る」

一気にせり上がってきた射精感に限界を訴えると、彼がにわかに抽挿を速めてきた。

突き上げられるたびに、細い身体が荒波に襲われたように激しく揺れる。

「も……ダメ……」

ついに限界を超えた七海は、歯を食いしばって腰を突き出す。

その瞬間を逃すことなく、サーリムが灼熱の塊をきつめに扱き上げてきた。

「あぅ」

快感が炸裂《さくれつ》すると同時に、弾けた七海自身から精が迸る。

「あああ……あっ……あぁ」

シーツを握り締めて吐精する七海を、いっそう腰の動きを激しくしたサーリムが容赦なく責め立ててきた。

「やっ……ん……あっ」

吐精しながら奥深くを突き上げられ、身体の震えが止まらなくなる。

快感の嵐にその身を攫《さら》われた七海は、背を反らし、腰を捩り、下腹を波打たせた。

「出すぞ」

短く言ったサーリムが、直後に低く呻く。

「く……ううっ」

ほぼ同時に達した彼が、動きを止めて天を仰いだ。

内側に熱い精が注ぎ込まれるのを感じながら、吐精を終えた七海は弛緩する。

「はぁ……」

身体中の力が抜け落ち、深くベッドに沈み込む。

気怠い解放感に包まれながら視線を上げると、サーリムはまだ大きくあごを反らして天を仰ぎ見ていた。

そうして微動だにせず余韻を味わっているであろう彼を、七海は無意識に頬を緩めて見つめる。

ともに達し、ともに余韻に浸れることに、これまで感じたことがない悦びを覚えた。

(サーリム……)

胸の奥から込み上げてくる気持ちが愛しさだと気づき、にわかに慌てた。

(まさか……そんなこと……)

同性である彼に惹かれている自分をすぐには認められない。

自分を拉致して犯した憎い男のはずだ。

盗賊に捕らえられた自分を助け出してくれた彼は、確かに悪い男ではないだろう。

だからといって、好きになるなどあり得ないことだ。

彼とのセックスを気持ちよく感じたのは、あの男に使われた身体を淫らにする媚薬のせいにきまっている。

(だけど……)

サーリムに貫かれた秘孔には媚薬を塗られていない。

まっさらな状態で彼を受け入れたに等しい。

それにもかかわらず、貫く彼に腰を突き上げられて激しく身悶え、快感に打ち震えた。

(どうして……)

自分の中で変化が起きていることに戸惑い、サーリムを見上げたまま何度も力なく首を横に振る。

「あ……」

ふと視線を落としてきた彼と目が合い、驚きに小さな声をもらした七海は、慌てて取り繕った笑みを浮かべた。

「ナナミ……愛しいナナミ、二度と私から離れるな」

ゆっくり身体を重ねてきたサーリムに、両の腕でしっかりと抱きしめられる。

汗に濡れた熱っぽい肌の感触が、たまらなく心地いい。

伝わってくる穏やかな鼓動に、安堵感を覚えた。

「サーリム……」

彼に対する自分の気持ちがなんであるのかはいまだにわからないが、彼に抱かれて嬉しいと感じている。

その気持ちを否定できない七海は、本能の赴くまま広い背を両手で抱きしめ、素直にその身を委ねていた。

第十四章

　盗賊に奪われたパスポートや財布が手元に戻ってきた七海は、ベッドの上でスーツケースを広げ、帰国のための荷造りをしていた。

　サーリムから帰国の許可を得たわけではなく、飛行機のチケットも予約していない。

　それでも準備を始めたのは、いつまでもシャラフ王国に留まっていられないからだ。

「あとは小物か……」

　あらかじめベッドの上まで運んできておいた雑貨類を、先に納めた衣類の隙間へ押し込む。

　日本を飛び立ってから一週間になるというのに、海堂を説得して連れ帰るという当初の目的を果たせていない。

　それればかりか、ロンドンに無事、到着したことを伝えてから、電話の一本もかけていない。

　こちらからかけられなかったとはいえ、息子と連絡がつかないことで、両親はさぞかし心配しているだろう。

　せめて海堂と連絡を取ってくれていればと思うのだが、彼らは冷戦状態にあるだけにそれも期待できない。

とにかく、海堂を連れて帰れないにしても、自分は一度、帰国すべきだと考えたのだ。

「ロンドンまでなにをしにいったのかって、きっと怒るだろうなぁ……」

自分ひとりで帰国したときの両親の顔を想像するだけで、ひどく気が重くなる。

「ナナミ、今夜の……」

ノックもせずにドアを開けてサーリムが入ってきた。

ドアに背を向けていた七海は、その場で跳び上がるほど驚いた。

振り返ると同時に、荷物が詰め込まれたスーツケースを目にしたらしい彼が、大股で歩み寄ってきた。

「なぜ荷造りなどしている？」

表情を険しくした彼が、七海の顔とスーツケースを交互に見やる。

「ナナミ？　日本に帰るつもりなのか？」

腕を摑んできた彼に、身体を激しく揺さぶられた。

いきなり荷造りを始めたのだから、彼が機嫌を損ねるのも無理ないことだ。

「僕は兄を日本に連れ戻すためにロンドンを訪ねたのです。でも、彼を説得できないどころか、両親と連絡を取ることもできないまま今日まできました。結婚の許可が得られるまで兄が帰国しないつもりでいることを、きちんと両親に説明しなければなりません」

「ご両親に電話がしたいのなら、そう言えばいいだろう？　電話くらいなら、いくらでもさせてやる」

サーリムはそのていどのことで帰国するのかと言いたげに、腕を摑んでいる手を離して大げさに広げてみせる。

「そうは言いますけど、兄が跡を継ぐかどうかは、不知火流宗家の今後に関《かか》わる重要な問題なんです。電話ですませられる話ではありません」

「そなたは私の愛を受け止めてくれたのではないのか？　ずっとそばにいてくれるのではないのか？」

こちらの事情になど耳を貸す気がないのか、にわかに声を荒らげてきた彼に、七海は再び両の腕を摑まれた。

「ナナミ、帰らないでくれ、私のそばにいてくれ。私は……そなたなしではいられない、そなたのいない人生など考えられない」

彼がいつになく真摯な瞳を向けてくる。

その必死な様子に、七海は胸が痛む。

心のどこかでサーリムと離れがたく感じているのは、強く惹かれているからに他ならないのだろう。

それが恋心なのかどうかは、いまだはっきりしないが、そばにいてほしいと言う彼の言葉を素直に嬉しく思う。

しかし、幼いころから茶の湯の道を歩んできた。それが自分の進むべき道なのだと信じて疑わなかった。

どっぷりと浸《つ》かってきた茶道の世界から離れ、サーリムとともに生きていける自信がない。

なにより、茶道の世界から離れて生きる自分を想像できなかった。

「サーリム、とにかく一度、帰国させてください。兄の問題を片づけないことには僕も……」

語尾を濁した七海は、真っ直ぐ彼の瞳を見つめて帰国したいと訴える。

後継者問題と自分の恋愛問題を天秤《てんびん》にかけること自体が間違っているが、ここで優先すべきはもちろん前者なのだ。

「わかった、ご両親からミドーの結婚許可をもらえばよいのだな。ならば、私が日本へ一緒に行こう」

大きくうなずいて言い放ったサーリムは、サイドテーブルからベルを取り上げると、けたたましく鳴り響かせる。

間もなくして、急いた様子で制服姿の男が現れ、サーリムに一礼して姿勢を正す。

男を振り返った彼は早口で何事かを告げ、早く行けとばかりに片手を軽く振った。

「ミドーとサミーラがこちらに到着次第、私のジェットで日本に向かう。よいな？」

「なっ……」

呆気《あっけ》に取られた七海は、ポカンと口を開けて彼を見返す。

彼は四人で日本へ行くつもりなのか。突拍子もない考えに呆れ果てる。

いきなりサミーラを連れて帰っただけでも、ただでさえ結婚に反対している両親は、声も出ないほど驚くだろう。

そのうえ、兄であり王子でもあるサーリムが付き添ってきたとなれば、その場で心臓発作を起こしかねない。

しかし、彼は間違いなく実行に移すだろう。それだけの行動力があることを身をもって知っている七海は、今すぐ思いとどまらせなければと焦る。

「やめてください、そんなことをしたら話がこじれるだけです」

「なぜだ？　誰かがご両親を説き伏せる必要があるのだろう？　いくら好き合った者同士が楽しく暮らしているとはいえ、彼らがこのままの状態でよいわけがない。彼らの幸せを心から願う私としては、早くご両親を説得して結婚させたいのだ」

「でも……」

七海は渋い声をもらして唇を噛む。

妹を思うサーリムの気持ちはよく理解できるし、海堂の身勝手さには腹を立てながらも、弟としては彼らの仲を引き裂きたくない思いがあった。

今でも彼らは充分に幸せそうだが、結婚することによってより幸せになるだろう。

海堂とサミーラとのあいだにできた子供は、紛れもなく不知火流の血を受け継ぐのであり、流派が途絶えることはない。

両親の許しを得て結婚し、海堂がきちんと宗家を継ぎ、そして彼らが幸せに暮らすことが七海の望みだ。

とはいえ、両親の説得は容易ではない。サーリムが両親と話したところで、それは変わらない気がした。

「黙っていたらご両親の了解は得られないのだぞ？」

「そうですけど……」

「彼らが到着するまでに、私は仕事を片づけなければならない。ナナミもそれまでに支度を整えておいてくれ」

ポンポンと腕を叩いてきた彼が、スッと屈み込んで頬に唇を押し当ててきた。

「日本を訪れるのは初めてだ。この機会にナナミの生まれ育った国を堪能するとしよう」

サーリムはそう言い残すと、ローブの裾を翻して部屋を出て行く。

怒濤《どとう》の勢いに押し流された七海は、遠ざかっていく彼の後ろ姿を呆然と見つめた。

「はぁ……」

彼の姿がすっかり見えなくなったところで、大きく息を吐き出してがっくりと項垂れる。

両親はともに日常会話ていどの英語はこなせるため、サーリムと対面しても意思の疎通に問題はない。

しかし、言葉が通じるから説得できるというわけでもなく、彼らが顔を合わせたときのことを考えるだけで頭が痛くなった。

「どうしよう……」

ベッドの上に身を投げ出した七海は、何度も大きなため息をもらしながら、しばらく難しい顔で天井を眺めていた。

第十五章

サーリムの自家用ジェット機に乗り、あれよあれよという間に羽田《はねだ》空港に降り立った七海たちは、彼が用意した黒塗りのリムジンで実家に向かった。

シャラフ王国を飛び立つ前に、実家へ連絡を入れた。海堂と一緒に帰国すると伝えると、電話に出た母親は大喜びしたが、同行する二人の素性を説明すると絶句した。

しばらく沈黙が続き、離陸までの時間がなかった七海は、到着時間だけを伝えて電話を切ってしまった。

しかし、こちらから一方的に話を切り上げたのは、母親から会う気はないと言われるのを恐れたからでもあった。

「ここがナナミの生まれ育ったところなのか……」

感慨深げな声をもらしたサーリムが、隣に座る七海へ視線を向けてくる。

民族衣装に身を包んでいる彼は、先ほどから身体を斜めにして窓の外を飽かずに眺めていた。

世界各国を飛び回っている彼にとって、こぢんまりとした東京《とうきょう》の街はさぞかし珍しく目に映っているとことだろう。

反対側の席に海堂と並んで座っているサミーラも、食い入るように窓の外へ目を向けている。

これから暮らすことになるかもしれない街は、彼女の目にどう映っているのだろうか。

「お兄さん、東京って緑がいっぱいあるのね？」

不意に顔を前に戻してきたサミーラから声をかけられ、サーリムが大きくうなずき返す。

「狭い土地にこれだけの緑があるのだから、上空から眺めたらさぞかし東京は青々としていることだろうな」

砂漠に生まれ育った人間らしい感想に、七海は思わず海堂と顔を見合わせて笑う。

「サーリム、そろそろ僕たちの家が見えてきますよ」

海堂が前方を指さすと、サーリムとサミーラが同時に視線を動かした。

「あの高い塀に囲まれたところがそうです」

海堂のさらなる言葉に、サーリムたちが身を乗り出させる。

興味津々といった二人の様子が、七海には妙に可愛らしく見えた。

「先に降りて門を開けてくる」

海堂に声をかけた七海は、運転手に車を止めるように頼み、ひとりドアの外に出る。

と、そのとき、正面玄関の大きな門が開き、母親の華子が和服姿で現れた。

「七海」

こちらに気づいた彼女が片手を振ってくる。

「かあさん、ただいま」

七海は彼女に声をかけ、駆け寄っていった。

一週間ぶりに母親の顔を見る。ずいぶん長く会っていないような、そんな懐かしさを覚えた。

「ちょっと、アラブの王子様と王女様ってどういうことなの？」

「だから、兄さんが結婚したがっている相手がシャラフ王国の王女で、お兄さんと一緒に挨拶に来たんだよ」

「挨拶って……そんな簡単に言わないでちょうだい。いきなりアラブの国の王族を連れてこられたら困るじゃないの、母さんたちはアラビア語なんてわからないのよ」

滅多に動じない華子も、さすがに慌てているようだ。

しかし、二人揃って日本に来てしまった以上、両親には彼らに会って話を聞いてもらうしかなかった。

「英語が通じるから大丈夫だよ。僕は車を中に誘導するから」

華子に言い残し、リムジンの前まで戻った七海は、片手を上げて門の中へと誘導していく。

家族は日常的に通用門から出入りするため、客人を迎えるときくらいしか正門を開けることがない。

純和風の家屋なのだが、門から玄関まで車寄せの道を通してある。敷地に余裕があるからこその造りだった。

玄関前までリムジンを誘導した七海は、サーリムが座っている側のドアを開ける。

「どうぞ」

長い裾を捌きながら降りてきた彼が、驚きとも感心ともつかない顔で家屋を見上げた。

「素晴らしい……」

「お待ちしておりました」

通用門から続く小路を回り込んできた華子は、とびきりの笑みを浮かべてサーリムに英語で声をかけると、あとから降りてきたサミーラに視線を移した。

「いらっしゃいませ」

品定めをするように、ほんの一瞬、艶やかな民族衣装を纏ったサミーラを眺めたが、意外にも華子は彼女に対しても愛想がよかった。

結婚に反対している立場とはいえ、出迎えたその場で大人げない態度を取るほど、非常識ではなかったようだ。

しかし、自ら名乗ることもなく、また海堂に彼らを紹介させるでもなく、早々に玄関の引き戸を開けた。

「さあ、どうぞ」

華子は中に入って左右に大きく戸を開き、彼らを家に迎え入れる。

彼女の急いた様子から、余裕がないのが見て取れる。どうやら、顔に出ていないだけで、かなり舞い上がっているようだ。

素足の彼らに廊下の端に並べたスリッパを勧めた彼女は、シャンと背筋を伸ばし客間へと案内していった。

あとに続いて廊下に上がった七海と海堂は、互いになんとも言い難い表情を浮かべ、顔を見合わせる。

「怒ってないのかな？」

「さすがに王子と王女を前にして、こっちにまで気が回らないんじゃない？」

海堂の問いかけに、七海は適当な答えを返して肩をすくめてみせた。

笑顔で客を迎えた華子も、客間に全員が揃ったとき、どういった態度に出てくるのか想像がつかない。

単純に外国人との結婚を反対していただけで、相手が王族なら話が違うと打算的な考えを起こし、手のひらを返すとはとうてい思えない。

サーリムがどうやって両親を説得するつもりでいるのかもわからないだけに、七海は不安が一気に募ってきた。

「まあ、成り行きを見守るしかないか」

ポツリとつぶやいた海堂が、先を歩き出す。

当事者だというのに、まるで他人事のように考える彼に呆れつつも、サーリムたちが気になる七海はすぐにあとを追う。

屋敷の中でもっとも広い客間に入っていくと、サーリムとサミーラが大きな座卓を前に並んで座っていた。

サーリムは胡座をかき、サミーラは正座をしている。彼らの前に座る両親はともに正座をしていた。

海堂は躊躇うことなくサミーラの隣に腰を下ろし、迷った末に七海はサーリムの脇に座る。

全員が揃ったところで、まず口を開いたのはサーリムだった。

「はじめまして。私はシャラフ王国の第三王子、サーリム・マハド・アル＝ハルビィ、どうぞサーリムとお呼びください。こちらにおりますのは、妹のサミーラです」

堂々と挨拶したが、彼は握手を求めなかった。

日本の習慣にないとわかってのことか、握手をする雰囲気でないと感じたのか、どちらかわからないが、憮然としている父親を見ると彼の選択は正しい気がした。

「サーリム、父の林海と母の華子です」

海堂の紹介を受けた林海は無言で一礼し、華子は笑みを浮かべて会釈しただけだ。

広い客間に気まずい空気が流れている。

ようやく息子が帰国してきたというのにこの状況では、両親の態度が重苦しくなってもいたしかたないだろう。

「まずは、突然のご訪問をお許しいただきたい。お二方から結婚の許可をいただけないと聞き、兄としていてもたってもいられず、急遽こちらに伺った次第です」

またしても沈黙を破ったサーリムは、いきなり本題に入った。

世間話のひとつもすることなく先制攻撃をしかけたのは、勝算があってのことだろうか。

動じないところはさすがとしか言いようがないが、もっと違う切り出し方があったのではないかと七海は不安を覚えつつ、両親がどう出てくるかを窺う。

「サーリム王子、私どもは伝統と格式を重んじる茶道の流派です。跡取りである海堂には、茶の湯をよく理解した当家に相応しい嫁をと考えて参りました。こう言ってはなんですが、サミーラ王女に茶の湯が理解できるとは思えません」

流暢とは言い難いながらも、単語のひとつひとつをハッキリと発音しながら考えを伝えた林海が、真っ直ぐにサーリムを見据える。

真っ向から反対してきた父親には、考えを変える気はなさそうだ。

表情を曇らせたサミーラの手を、海堂が無言で握り取る。

「確かにサミーラは、ミドーと出会ったことで初めて茶道というものを知りました。しかし、今の彼女はよき妻となるために、日々、ミドーから稽古を受け、日本で生活を始めても困らないようにと日本語を学んでいます」

「茶道も日本語もお勉強次第で上達するでしょうけど、それ以外にも宗家の妻として覚えなければならないしきたりがたくさんあるんですよ。茶道のお作法を覚えるだけでも大変なのに、日本や春風家のしきたりを覚えることができますか?」

口を挟んできた華子が、厳しい視線をサミーラへ向ける。

仮に結婚が認められたとしても、華子は相当、厳しい姑《しゅうとめ》となるに違いなく、サミーラが耐えられるかどうかが心配だ。

しかし、彼女は愛する海堂のために覚悟を決めているのか、それまで落としていた視線をスッと上げた。

「一生懸命、覚えます。私はミドーのよい妻になるためなら、どんな苦しいことでも耐えられます」

贅沢な環境で育った王女の言葉とはおよそ思えず、驚きに目を見張った七海同様、両親が無言で顔を見合わせる。

「僕は全力で彼女をサポートするし、日本で暮らせばしきたりなんて自然と覚えるものだよ。宗家の嫁が外国人であっても、なんの問題もないと思う。だいたい、今どき外国人だから結婚に反対だなんて時代遅れもいいところだ」

珍しく強い口調で意見を言った海堂に続き、再びサーリムが口を開く。

「私どもの国ではまだ知らぬ者がほとんどですが、茶道は世界に浸透しつつあります。不知火流の教室も世界の主要都市で開かれていると伺っています。もし、流派の頂点におられるあなた方が、日本の伝統的文化である茶道をより世界に広めていくつもりがおありならば、各国の要人と交流があるサミーラがきっとお役に立てるはずです」

サーリムの言葉に、両親の表情がわずかだが変化した。

彼とのたわいない会話の中で、外国でも茶道教室を開いていることを話して聞かせたが、不火流が精力的にそれを行っていることまでは話していない。

あえて言葉にしなかったにもかかわらず、あっさりと見抜いていたサーリムの鋭い洞察力に感心する。

「どうか、愛し合っている二人の結婚をお許しいただけないでしょうか」

姿勢を正したサーリムが、深く頭《こうべ》を垂れた。

彼が頭を下げるのを初めて見た気がする。

一緒に過ごした期間は短く、たまたまそうした状況に遭遇しなかっただけかもしれないが、常に威風堂々としている彼が両親に頭を下げたのは驚きだ。

妹の幸せを願ってここまでする彼に強く胸を打たれ、後押しをしなければという気になる。

「さっき兄さんも言ったけど、国際結婚に反対するのは時代遅れだよ。海外で茶道を広めようとしているんだから、なおさらおかしいと思う。宗家の妻が日本人でなければダメだっていうしきたりがあるわけじゃないし、なにより結婚を反対して兄さんが跡を継いでくれないんじゃ意味がないよ」

七海がきっぱりとした口調で言い放つと、両親が同時に大きなため息をもらした。

不知火流にとっては、長男の海堂が跡を継ぐことに大きな意味がある。

海堂には宗家を継ぐ気持ちがあるにもかかわらず、それを阻んでいるのは両親に他ならない。

まさに七海は痛いところを突いたのだ。

「わかった、二人の結婚を認めよう。ただし、結婚式と披露宴は日本で行うこと、これだけは譲れない」

林海がようやく折れてくれた。

華子も異論がないのか、夫と顔を見合わせて大きくうなずく。

「ありがとうございます」

礼を言って頭を垂れたサーリムに続き、サミーラと海堂はもちろんのこと、七海も深く頭を下げた。

「サミーラ、よかったな」

彼が妹の肩を満面の笑みで叩く。

サーミラは顔を綻ばせ、海堂と手を取り合って喜んだ。

これで一件落着だと七海は安堵のため息をもらしたが、ホッとしていられたのもほんの束《つか》の間でしかなかった。

「お二方にもうひとつお願いがあります。私がナナミを国に連れて帰ることをお許しいただけないだろうか？」

「サーリム、なにを……」

あまりにも突拍子もない彼の申し出に、七海は啞然《あぜん》としてしまう。

「連れて帰りたいとは？」

両親にとっても理解しがたい言葉だったのだろう、問い返した林海ばかりか華子も首を傾げていた。

「私はミドーに茶道を教えられ、とても感銘を受けました。是非とも我が国に茶道を広めたいのですが、それにはよい指導者が必要です」

「その役目を七海に？」

サーリムを見ていた華子が、こちらに視線を向けてくる。

彼女と目が合った七海は、思わず肩をすくめた。

「彼ほどよい指導者はいないと思うのですが、いかがでしょう？　教室を開くにあたって必要なものは、私がすべて揃えます。伝統ある不知火流の教室に相応しい茶道具を用意しましょう。ですから、不知火流の師範として、ナナミをシャラフ王国に派遣していただきたい」

サーリムの雄弁に、両親の頰が緩む。かなり乗り気なのだと、その表情から見て取れた。

実業家として成功しているだけあり、サーリムは交渉術に長けている。

美味そうな餌を目の前にぶら下げられ、両親が断るわけがなかった。

「ナナミ、私と一緒にシャラフ王国に来てくれるな？」

両親が答える前に、こちらに同意を求めてきた彼を無言で見返す。

彼が茶道の指導者を望んでいるのは確かだろう。

たとえ外国であろうと、茶の湯の稽古をすることに異論はない。師範としての自分が必要とされているのであれば、多少の不安があったとしても、喜んで出向いて行くつもりだ。

しかし、彼が自分を連れて帰りたがっている本当の理由は別にある。それがわかっているから七海は即答できないのだ。

サーリムは、妻として生涯、愛すると言った。彼とシャラフ王国に戻るのは、妻になることを認めたも同じだ。

彼を愛しているかどうかすら疑問だというのに、同性の彼に嫁ぐ自分など想像できない。

「七海、とてもよいお話だと思うわ。海堂も帰ってきたことだし、ねえ？」

答えを返さないでいる七海をせっついてきた華子が、あなたも勧めなさいとばかりに林海に視線を向ける。

「急に言われても……少し考えさせてください」

ここで早まった答えを出し、あとで後悔したくない七海は猶予を求めた。

「わかった」

両親がいる手前もあるのだろうか、意外にもあっさりと納得してくれたサーリムに、礼の意を込めて軽く頭を下げる。

「海堂も帰国して、二人の結婚も決まったことだし、一席設けるかな。サーリム王子、お付き合い願えますか？」

急に友好的な態度になった林海に、サーリムが笑顔で同意する。

「ありがとうございます」

「お酒はなにがいいのかしら？　日本酒はお飲みになったことありますか？」

「ミドーから美味い酒だと聞いています。是非とも頂きたい」

「食事は？　生ものはダメなのよね？」

「生もの？」

座卓に身を乗り出した華子とサーリムが、楽しげにやり取りを始めた。

途中から海堂、サミーラ、林海が交じり、客間が急に賑やかになる。

結婚と跡継ぎの問題が同時に片づいた彼らは、なんとも呑気《のんき》なものだ。

なかなか心を決められないでいる七海は、はしゃぐ彼らを横目で見つつ、ひとり悶々《もんもん》としていた。

第十六章

二日に亘って考え続けた七海は、昼前にサーリムが泊まっているホテルを訪ねた。

都内でも最高級として名高いホテルということもあり、正装とまではいかないが、張り感のあるシャツにスッキリとしたストレートパンツを合わせている。

ロイヤル・スイートでひとりくつろいでいた彼は、笑顔で出迎えてくれた。

「よく来てくれた」

部屋に足を踏み入れるなり彼に抱き寄せられる。

「あっ……」

驚きに小さな声をあげた七海は、広い胸に抱かれたとたん鼓動が高まった。

シャラフ王国を飛び立ってから、一度も彼と肌を触れ合わせていない。

それを寂しいと感じている自分に気づき、戸惑いを覚える。

「さあ、答えを聞かせてくれ。もちろん、了承してくれるのだろうが、そなたの口から答えを聞きたい」

ソファへと導いていく中、彼が確信に満ちた瞳を向けてきた。

ここに来たからには、心が決まっていると思うのは当然だ。

そして、こちらが同意すると決めてかかっているのは、盗賊たちの手から救い出してくれたあの日、自ら求めるような真似をしたからに他ならない。

しかし、現実として七海はまだ心を決めかねていた。

自分へ寄せられる彼の愛はたぶん本物だろう。

そう思っているのに、信じきれていない。

なにしろ彼が生まれ育ったのは、一夫多妻の国なのだ。

ひとりの人間を一途《いちず》に愛することなど、彼にできるのだろうかと疑いを抱いてしまう。

それよりも問題なのは、七海自身が自分の気持ちを把握できていないことだ。

サーリムと離れていると寂しくなり、彼の胸に抱かれる心地よさを幾度となく思い出した。

自分だけを見つめてくる魅惑的な黒い瞳、柔らかな微笑み、耳をくすぐる甘い声に、自分が魅《み》せられているのは間違いない。

彼のそばにいたいと思うのは恋なのか。

触れてほしくなるのは愛しているからなのか。

いくら考えても答えが出てこない。

そればかりか、彼は自分と同じ男だ、恋愛をする相手ではないと、もうひとりの自分が囁いてくるのだ。

「ナナミ？」

ソファに並んで腰かけると、焦れたようにサーリムが顔を覗き込んできた。

「すみません……もう少し考える時間をいただけませんか？」

「なぜだ？」

間髪を入れずに問い返され、七海は苦々しく笑う。

「日本を離れたくないのか？」

「いいえ」

「異国の地で茶道を教えることに不安があるのか？」

「いいえ」

矢継ぎ早の問いかけを続けて否定すると、さすがにサーリムは訝しげに眉根を寄せた。

「他になにがある？　なぜ考える時間が必要なんだ？」

「僕は……」

困り顔で言い淀んだ七海は唇を嚙みしめる。

自分の思いをどう彼に伝えればいいのかがわからないでいる。

シャラフ王国で茶道の指導をすることは厭わないし、彼のそばにいられるのは嬉しい。

しかし、彼の愛が永遠である証はないばかりか、男である自分を妻として見られることには抵抗があるのだ。

「まさか、私の愛が信じられないというのではないだろうな？」

「それは……」

胸の内を見抜かれた七海がスッと視線を落とすと、サーリムはソファに座ったままこちらに身体を向け、両手で頬を挟んできた。

「なぜ信じられない？　私はそなたしか見えていないというのに」

顔を正面に戻されてしかたなく視線を上げたが、彼の熱っぽい瞳が妙に恥ずかしく感じられ、長く目を合わせていられなかった。

「ナナミ」

再び視線を逸らしたとたん、力強い腕に抱きしめられる。

ちょっとした驚きはあったが、嫌ではなかった。それに、彼の胸に抱かれると安堵する。

なぜだろうかと、七海はその身を預けたまま必死に思いを巡らせた。

「神に誓って言うが、これほどまでに愛した者はいない。私にはそなただけだ」

「サーリム……」

耳をかすめる甘い声音が心地いい。

サーリムは憎くて恐くてしかたなかったはずだ。

しかし、不思議なことにそうした感情が今はまったく湧いてこない。

顔も見たくないと思っていた彼を、いったい、いつから嫌悪しなくなったのだろうか。

さまざまな思いが頭の中を駆け巡るばかりで、七海はいっこうに心が定まらないでいた。

「確かにアラブ人は気が多いことで知られているが、誰もがそうなわけではない。唯一無二の存在としてひとりの者を生涯、愛する男もいる」

そっと頭を抱き込まれ、髪を優しく撫でられる。

「私にとって、そなたが唯一無二の存在だ。わかるか、ナナミ？　私はそなたがいない人生など考えられないし、考えたくもないのだ」

囁くように語る彼の言葉に、七海は心を激しく揺さぶられた。

愛を語ることに慣れた男だ。まんまと騙されてはいけないと、そう訴えてくるもうひとりの自分がいる。

サーリムの愛を信じたいと思う気持ちと、弄ばれているだけではないかといった不安が、七海の中でせめぎ合っていた。

「ナナミ、心から愛している。そなたを失ったら私は生きていけない。そなたの死は私の死を意味する」

唐突に抱きしめていた腕を解き、七海の肩を摑んできた彼が真摯な眼差しを向けてくる。

嘘偽りのない言葉だと、彼の熱い瞳が訴えていた。

「サーリム……」

先ほどは目を合わせられなかったが、今は彼の瞳に目が釘付けになっている。

こんなふうに真っ向から愛をぶつけられたことはない。

彼の強い愛が深く心に浸みてくる。

「生涯、私のそばにいると、そう言ってくれ」

そっとあごを捕らえてきた手で、静かに顔を上向かされた。

頬に触れる指先からですら、彼の愛が伝わってくるようだ。

彼と離れたくない。大きな愛でもって包み込んでくれる彼とともに歩んでいきたい。

ようやく己の素直な気持ちに辿り着いた七海は、今にも涙が溢れそうな瞳を彼に向ける。

「サーリム……あなたとともに……一生、あなたのそばにいたい……」

「ナナミ」

フッと頬を緩めたサーリムが、ひとしきり愛しげに見つめてきたかと思うと、おもむろに唇を塞いできた。

「んっ」

少し熱を帯びた唇が深く深く重ねられ、両の腕できつく抱きしめられる。

くちづけに応えながら、七海は自然と彼の背に手を回していた。

彼が愛しくてたまらない。

誰かに対してここまで強い感情を持ったのは初めてだ。

「サーリム……もっと……」

くちづけの合間に囁き、自ら彼の唇を塞いで舌を絡め合う。

彼に愛される悦びと、彼を愛することの悦びに、熱が高まった身体が蕩けていきそうな感覚に囚われる。

「ナナミ、愛している」

唇を離したサーリムが耳元で囁き、抱きしめている腕を緩めてきた。

「サーリム……」

熱と涙に潤んだ瞳で見つめると、微笑みながらゴトラを外した彼に、そっとソファに押し倒された。

身体を重ねてきた彼を、両の手で受け止める。これっぽっちの躊躇いもないばかりか、身体は彼を求めて甘く疼き始めていた。

心の底から彼を欲している。早く温《ぬく》もりを肌に感じたくて身じろぐと、彼が小さな笑い声をもらした。

「そんなふうに急かさずとも、たっぷり愛してやる」

嬉しそうに微笑んだ彼が、シャツ越しに脇腹を撫でてくる。

「んんっ」

大きくあごを反らして甘ったるい声をもらし、こそばゆさに身体を震わせた。

彼とは幾度となく身体を重ねたが、いつもしかたなく受け止めてきた。

しかし、自らサーリムを求めた今は、彼の重みすら心地よく感じる。

己の恋心にやっと気づいた七海は、布越しに施される彼の愛撫に心置きなく溺れていった。

第十七章

海堂とサミーラとの結婚準備が着々と進む中、同時に七海はシャラフ王国で茶道の指導にあたるための準備を進めていた。

サーリムはその身ひとつで今すぐ来てくれと言ったが、受け持っている茶道教室の授業が数多くあり、そう簡単には日本を離れられなかった。

結局、スケジュールの調整に一ヶ月近くかかり、ようやく今日、羽田まで自家用ジェット機で迎えに来てくれたサーリムとの再会を果たした。

見送りに来てくれた両親との挨拶をすませ、名残《なごり》惜しさを感じながらも彼とともにジェット機に乗り込んだ七海は、離陸してからも小さな窓から日本の景色を眺めていた。

遥か上空まで達して機体が安定し始めると、もう視線の先には雲しか見えなくなる。

「向こうでくつろがないか？」

サーリムの声に振り返ると、シートの脇に立っている彼がこちらを見つめていた。

「はい」

ベルトを外して立ち上がった七海は、先を歩く彼についてリビングルームに向かう。

贅の限りを尽くした自家用ジェット機は、ホテルのスイートルームのような設備が整っている。

機内には王宮でサーリムに仕えている制服姿の召使いが四名、同乗していて、ファーストクラスのキャビンアテンダント並みのサービスをしてくれた。

広いリビングルームの床には深紅の絨毯が敷き詰められ、窓側がビロードの垂れ幕に覆われている。

半円形の上質な革製のソファとガラス製のテーブルが置かれているが、それでも床にはまだ数人が横になれる余裕があった。

落ち着いた内装のリビングルームはことのほか居心地がよく、二人でワイングラスを傾けていると、上空にいることをすっかり忘れてしまう。

「そうそう、ナナミにプレゼントがある」

ワイングラスをテーブルに置いたサーリムが、ふと思い出したようにつぶやき、指を鳴らして呼びつけた召使いになにやら命じる。

彼からの贈り物など初めてであり、なんだろうかと期待に胸を膨らませていると、召使いが金色のリボンが巻かれた白くて大きな箱を抱えて戻ってきた。

立ち上がって箱を受け取ったサーリムは、なぜかニヤニヤと笑っている。

彼らしくない笑い方を不思議に思いつつも、七海は大きな箱を興味津々に見つめた。

「開けてみてくれ」

絨毯の上に箱を下ろした彼が、さあどうぞとばかりに両手を広げる。

軽くうなずいてグラスをテーブルに置いた七海は、ソファから腰を上げて箱の前に移動した。

さして重そうではないのだが、箱はかなりの大きさがあり、なにが入っているのかまったく想像がつかない。

箱の前に跪《ひざまず》き、幅広のリボンを解いていく。プレゼントに心をときめかせるなど子供っぽいとわかっているが、箱に手をかけたとたんにドキドキし始めた。

一気に開けるのがなぜか惜しくなり、両手で持ったフタをそっと持ち上げ、隙間から箱の中を覗き見る。

しかし、柔らかな薄い紙で覆われていて、まだなにが入っているのかわからなかった。

「遠慮せずに開けたらどうだ？」

ソファに戻って腰を下ろしたサーリムが、優しく笑いながらワイングラスを口に運ぶ。

彼のからかいにほんのりと頬を赤くした七海は、意を決して一気にフタを開けて脇に置き、さらには中身を覆っている薄い紙を捲っていく。

「えっ？」

現れたのは見るからに上等な絹とわかる純白の生地で、輝きを放つ銀糸で羽ばたく鶴の豪華な刺繍が施されている。

美しい光沢を持つ生地へ手を伸ばしてそっと触れてみると、指にしっとりと吸いついてきた。最高級の正絹《しょうけん》で仕立てた和服の手触りによく似ている。

「着物ですか？」

「いいから出してみろ」

七海の問いに答えることなく、サーリムは早く中身を出せと片手で急かしてきた。

自分よりよほど、彼のほうがワクワクしているように感じられる。

いったいなにが入っているのだろうかと、期待と興味を募らせながら箱の前に正座し、中に差し入れた両手で純白の生地を取り出す。

そのまま膝の上に乗せると、幾重にもなっている生地がスルスルと崩れていった。

絨毯の上に広がった形から、それが和服であることは間違いなかったが、普段着ているものとはあきらかにつくりが異なるだけでなく、男性物に比べてかなりの重みがあった。

「袖《そで》を通してみてくれないか？」

サーリムに言われるまま和服を手に立ち上がった七海は、そこでハタと気づいて愕然とする。

「白無垢……」

呆気に取られた顔で立ち尽くすと、彼が腰を上げて歩み寄ってきた。

「そなたの花嫁衣装だ。先般、日本を訪れたときに母君から老舗《しにせ》の呉服店を紹介してもらい、特別に頼んでおいたのだが、ちょうど今日、仕立て上がってきたのだ」

「なんで……」

とびきり上等な白無垢を手に、七海は言葉が続かない。

男の自分に花嫁衣装を着せるつもりなのだろうか。

妻として娶ると言ってはいたが、生涯の愛を誓うための言葉の綾《あや》だと思っていた。

まさか、花嫁衣装をプレゼントされるとは思ってもいなかった七海は、女性なら誰もがうっとりとしてしまうだろう美しい白無垢を、ただただ呆然と見つめる。

「この白無垢は、そなたの美しさをより引き立ててくれることだろう」

七海の手から白無垢を取り上げたサーリムが背後に回り込み、広げたそれをそっと肩にかけてきた。

「シャツが邪魔だな」

前に戻って羽織った姿を眺めるや否や、彼は七海が着ているシャツのボタンを外し始める。

あっという間に前を全開にされ、白無垢を羽織らされたままシャツを脱がされた。

「これでは物足りない感じがするな……なにかこの下に着るのか？」

白無垢の襟を重ねてきたサーリムに訊ねられ、七海は小さくうなずき返す。

「ひと揃い用意してあるはずなのだが……」

絨毯に膝をついた彼が、箱の中を探り出した。

「これか？」

立ち上がった彼が見せてきたのは、白無垢の下に着用する純白の掛下《かけした》だ。

この様子では、相当、豪華な帯が用意されているに違いない。

花嫁として迎えられるのは想定外だったが、サーリムのどこかはしゃいだ様子を目にした七海は、一世一代の白無垢姿を見せたい気持ちが湧いてきた。

「あの……」

「なんだ？」

「着付けを終えたら呼びますから、向こうで待っていてください」

笑顔でそう伝えると、顔を綻ばせたサーリムがいそいそとリビングルームを出て行った。

浮き足立っている彼の後ろ姿を見て頬を緩ませ、さっそく着付けに取りかかる。

とはいえ、女性物の和服など身につけたことがなく、お端折《はしょ》りの処理も、帯の結び方もわからない。

「花嫁衣装だから引きずるくらいでいいんだよな……」

ひとりブツブツとつぶやきながら、箱から一式を取り出し、いつもとは勝手が違う女性物の和服を自ら着付けていく。

掛下まで着たところでどうにか格好がついたが、幅が広い女性用の帯はどうにも結べない。

「ああ、そうか」

どうせ白無垢で帯は隠れてしまうのだと思いついた。

二重に巻いた帯を前でひと結びしてから、垂れを巻いた帯のあいだに通し、結び目を隠す。

「よいしょっと」

思い切り腹を引っ込めて、結び目を背中にくるように帯を回し、後ろ手に形を整える。

最後に白無垢を羽織り、掛下の襟に沿うように丁寧に重ねた。

完璧とはとても言い難いが、見た目はそう悪くなさそうだ。

絶対に親には見せられない姿だ。我ながら、なにをしているのかと呆れる。

それでも、愛するサーリムが喜ぶ顔を想像すると、一生に一度くらい白無垢を着てもいいではないかと開き直れた。

「サーリム」

足下の箱を脇に寄せて大声で呼ぶと、彼が期待に満ち溢れた顔で戻ってきた。

少し離れた場所から白無垢姿をひとしきり眺めた彼が、大げさに両手を広げる。

「なんという美しさだ」

彼は感嘆の声をあげ、大股で歩み寄ってきた。

「これほどまでに美しい花嫁を迎えられる私は、世界中の誰よりも幸せ者だな」

両手で頬を挟んで唇を軽く重ねてきた彼に、白無垢姿のまま抱き上げられる。

「サーリム？」

「このジェットには少々、狭いが寝室もあるのだ」

悪戯っぽい笑みを浮かべた彼が、七海を抱き上げたままリビングルームを出て行く。

せっかく苦労して着付けた白無垢を、すぐに脱がされてしまうのは残念でならない。

しかし、抗う気持ちがまったく湧いてこない七海は、満面の笑みを浮かべている彼の首に両手を絡めて瞳を見つめた。

これからシャラフ王国で始まる彼との生活が、順風満帆である保証はない。

王子に迎えられた日本人の自分を、彼の家族が受け入れてくれるのかすら疑問だ。

けれど、苦しみや悲しみに打ち拉がれるようなことがあったとしても、サーリムとなら乗り越えられるような気がした。

互いに強い愛でもって結ばれていれば、どんな苦難の道も手を取り合って歩んでいける。

白無垢を身に纏った七海は、愛しげに見つめてくるサーリムの腕の中で、変わることのない愛を心に固く誓っていた。

あとがき

みなさまこんにちは、ローズキーノベルズで初めて書かせて頂きました伊郷《いごう》ルウです。

この度は、『熱砂の王子と白無垢の花嫁』をお手に取ってくださり、ありがとうございました。


久しぶりにアラブ物に挑戦いたしましたが、やはりアラブの王子を書くのは楽しいです。

実際、近くにいたら甚だ迷惑な男だろうと思いますが、外見、性格、背景などキャラクターとしては申し分ないですからね。

今回は王位継承権絡みのお話ではないので、サーリムは自由気ままに生きています。

それ故に傲慢さが際だったかもしれません。そんな男に惚れられた七海はさぞかし苦労したことでしょう（↑他人事のよう……）。

でも、最終的にはラブラブのバカップルが誕生したので、終わりよければすべてよし、ということですね。

最後になりましたが、イラストを描いて下さいました海老原《えびはら》由里《ゆり》先生には、心よりの御礼を申し上げます。

お忙しい中、麗しくも格好いいイラストをたくさん描いて頂き、光栄の至りです。

本当にありがとうございました。

伊郷ルウ

二〇一一年　五月

オフィシャルブログ〈アルカロイドクラブ〉……http://alka.coo.ne.jp/

Rose Key NOVELS

好　評　発　売　中　!

あなたに幸福を乞う

火崎　勇

ILLUSTRATION◆御園えりい

Story

幸福になるために――。

嵐は名門・鴇川家の長男。厳格で崩壊寸前な家庭に嫌気がさして飛び出し、盛り場をうろついた朝、知らない男の前で目を覚まして!?

NOVELS

ローズキーノベルズをお買い上げいただきましてありがとうございます。
この本を読んだご意見、ご感想をお寄せ下さい。

〒162-0814
東京都新宿区新小川町8−7
㈱ブライト出版　ローズキーノベルズ編集部

「伊郷ルウ先生」係　／　「海老原由里先生」係

熱砂の王子と白無垢の花嫁

2011年5月30日　初版発行

著者
伊郷ルウ

発行人
柏木浩樹

発行元
株式会社　ブライト出版
〒 162-0813　東京都新宿区東五軒町3−6

Tel
03-5225-9621
（営業）

HP
http://www.brite.co.jp

印刷所
株式会社誠晃印刷

ISBN978-4-86123-157-5 C0293　Printed in JAPAN